實現夢想天賦的遊樂園

La ilusión

荷瑟普・婁佩茲・羅麥洛 Josep Lopez Romero——著
陳錦慧——譯

引言

這是一則關於夢想的故事。人生在世，要想達成任何目標，要想活得精采盡興，就得懷抱夢想。故事裡強調的是健全的夢想，這種夢想不會否認現實的存在；能夠滋養豐富我們的人生；引導我們樂觀進取。這種夢想一旦消失，姑且不論它為何消失，我們的生命能量必然會逐漸耗盡。

這類夢想其實不難辨識，因為在生命歷程中，我們都曾經遺失過這樣的夢想。或許就發生在不久之前，或許根本沒有人注意到，就好比我們隨時可能丟失鑰匙一樣。

也許你是那種從未遺失過夢想（或鑰匙）的人，那麼，這本書對你來說可能毫無用處。然而，如果你跟絕大多數芸芸眾生一樣，曾經感到生命失去意義，曾經生活得痛苦迷惘、找不到重心，曾經覺得無所適從、舉措不安，那

麼，就請繼續讀下去。

你只需要敞開胸懷，就可以跟我一起走進故事裡。揚棄你的偏見，讓一直以來躲在你內心深處的那個孩子走出來吧！孩子們是玩樂的高手，正如書中一個人物所說：「沒有玩樂，何來振奮？」

故事的女主角是個普普通通、平凡無奇的女子，她叫伊佩蘭莎。某個清晨，伊佩蘭莎從睡夢中醒來，發現胸口空蕩蕩的，她的情緒跌落谷底，因為她感到生命完全脫序……。無論你是男是女，只要你下定決心去尋找失落的夢想，你就會是這個故事的主人翁。

從下一頁開始，我會借用伊佩蘭莎的口吻，畢竟，我們大家都是一體的，我們都是同類的人。撇開性別與身分地位不談，我們都只是需要活得有夢想的平凡人。

作者　荷瑟普・婁佩茲・羅麥洛

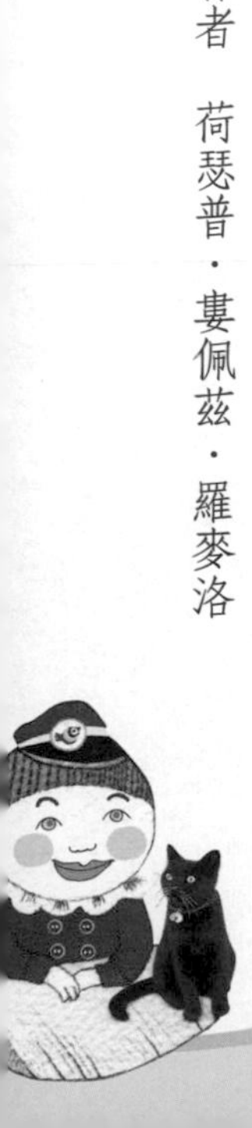

目次

目次

〔第一章〕

遺落的鑰匙

那天早上醒來時，我感覺渾身不對勁。還來不及睜開沈重的眼皮，胸口就浮現一股無以名狀的空虛感，像是有某個東西憑空消失了，遍尋不著。那時我的心神還游移在寤寐之間，腦子裡推敲著是否有人趁著黑夜偷走了我的心，在我的胸口留下了惱人的空洞？或者是我自己把心遺留在某個出版社？抑或是在前一天的商務午餐後，不慎掉落在餐桌底下？我愈想愈膽顫心驚，於是我趕緊睜開雙眼，雙手捂住胸口，發現心臟還在原處跳

動著，這才鬆了一口氣。

我試著從床上坐起身來，那股空虛感越發沈重了，沈甸甸像船錨似的，施展出一股巨大的力道，硬生生把我往下拖。聽起來很奇怪，空虛竟然也有重量，可是它的的確確沈重無比。我幾乎下不了床，更別提走到廚房。我可以聽到丈夫和女兒為了不打擾我的睡眠，而在廚房裡壓低了聲音說話。

這現象並非頭一遭。最近幾個星期以來，每天早晨醒來後，我都得掙扎一番才下得了床，全身上下有氣無力。這種無精打采的症狀很不幸地已經持續了一段時日，這幾天偏偏又多出一股莫名的壓力，像是一副千斤重擔。可這擔子並不在我肩上，而是壓在我心頭，令我無力擺脫。

卡洛斯每天早晨送露西亞上學，我想趕在他們出門之前跟露西亞相處片刻。有了這股信念的激勵，我鼓起超人般的意志力，努力從床上坐起，緩慢無力地披上睡袍，拖著沈重的腳步，穿過走廊，走進廚房。

「媽咪，早安！」

露西亞坐在餐桌前，她雖然才只有八歲，但外表看起來卻出奇地成熟。她正吃著加了牛奶的巧克力口味穀片。露西亞愛吃巧克力，只要沒有我在一旁阻撓，她就毫不節制。我癱坐在椅子上，默默向天上慈悲的神靈祈求，請祂賜給我一杯滿滿都是咖啡因的黑咖啡，好讓我可以在剎那間精神百倍。

「哇，今天精神很不錯哦！」

卡洛斯把我渴望的那杯提神飲料放在我面前，在我的亂髮上輕輕一吻。

「還好嗎？」

「呃……我也不清楚，腦袋好像還不是很清醒。」

「這樣啊，那妳最好趕緊清醒過來。今天是星期五，我們可有得忙嘍！晚上馬科斯和安娜要過來吃飯，妳說妳會順便到書店旁邊那家餐館買點東西回來。對了！還要一瓶好酒，妳知道馬科斯和安娜對酒是很講究的。」

我毫不掩飾厭煩的神色，費勁地把杯子舉到唇邊——就連這麼輕而易舉的動作都得花上一番功夫。

「伊佩蘭莎，他們可是妳的朋友，」

卡洛斯察覺我的不悅，語帶責備。

「何況妳很久沒跟他們聚聚了。話說回來，妳好像很久沒有跟工作上以外的朋友連絡了。妳得趕緊打起精神來，妳知道我沒辦法去採買，五點鐘我得去學校接露西亞，送她去上音樂課，接著還有游泳課。今天是星期五……」

短短一分鐘之內，卡洛斯兩度提到星期五。可是我壓根兒不在乎哪一天是星期幾。曾經，已經忘了在多久以前，週五晚上是週末的起點，是趣味冒險的序曲。可如今，不管星期幾，我滿腦子都只想著盼著書店打烊，我才能回到家裡，倒臥在沙發上，沈沈睡去。人們不是說「一睡治百病」

嗎？

忽然間，我又感覺到那股強烈的空虛感，就在胸骨正下方，雖然不痛，可是那種感覺很擾人，甚至令人沮喪。我想跟卡洛斯訴訴苦。

「你知不知道我剛剛起床的時候怎麼了？」

「親愛的，我們得晚一點再聊，露西亞就要遲到了。露西亞，快點把牛奶喝掉！我們該走了。」

「晚一點？」

我用盡從那杯苦澀咖啡得來的微弱力氣出聲抗議。

「晚一點是什麼時候？在這個家，『晚一點』永遠都不會到……」

「伊佩蘭莎，妳明知道我在趕時間呀！我還有很多事要做，問題又不

在我……」

「可是我只要你給我一分鐘啊！」

卡洛斯俐落地抓起餐巾紙擦了擦露西亞的臉，幫她揹起書包，一邊轉頭望著我。他的眼神刺痛了我，我感覺一陣憂傷襲上心頭。我忽然發現，自己一直不曾清楚地意識到，我和卡洛斯之間的相處好像只剩下行事曆上的一連串活動，需要嚴格遵守，不容質疑，沒有隨性揮灑的空間。他用他的方式在愛我，這點毫無疑問，可是，最近我始終覺得我們只是按照生活的模式行禮如儀，談不上有什麼親密的互動。

「好吧，」卡洛斯猶豫了一會，終於讓步，「說說看，妳怎麼了？」

「我醒來的時候，這裡有一種很奇怪的感覺，」我用手掌拍拍胸口，

「你大概會以為我瘋了，可是那種感覺就好像有某個很重要的東西不見了，而我卻不知道究竟丟了什麼東西，煩死人了。」

「妳該不會又把鑰匙搞丟了，是不是？」

「卡洛斯，我不是在開玩笑……」

「好好好，親愛的，我只是隨口問問，因為妳經常掉鑰匙……」

這時露西亞走到我身邊，吻了我一下，然後拉起她爸爸的手，急著要出門。卡洛斯故作姿態地抗拒著。

「好啦，走吧，走吧，我們晚一點再談。」

我放棄了。雖然我心裡很清楚，這所謂「晚一點」在這一天中都不會出現，它得耐心等候，一直到變成不可能。

卡洛斯和露西亞的身影消失在走道盡頭，留下我獨自面對那份空虛感。露西亞的歌聲飄盪在空中：

「鑰匙在哪裡？嘿喲喲、滴哩哩！鑰匙哪兒去啦？哎呀呀、噠啦啦！」

〔第二章〕

悲傷的書店員工

出門的時候，我心急如焚地四處找鑰匙。鑰匙不在我前一天拿的手提袋裡，而是被我漫不經心地去在廚房的流理台上了，但我卻一點印象也沒有。

換手提袋的時候，我忽然靈機一動，覺得應該利用這個機會清點一下包包裡的日常用品，看看是不是遺失了什麼物品。那時候我還在疑心包包裡是不是少了什麼（手機、書店鑰匙、車庫遙控器、電子記事本），才會

覺得胸口有個黑洞，像是丟了東西般。可是我還覺得睏倦，提不起勁來，因此打定主意晚一點再檢查，於是就把手提包裡的東西一股腦兒倒進另一個手提包裡。

我趕上每天固定搭乘的那班地鐵，利用乘車時間瀏覽十幾份履歷表。書店最近有個銷售助理的職缺，這些都是應徵者寄來的資料。我其實並不想看這些東西，可是，這是我該做的事。這陣子，特別是打從我租了間大一點的店面擴大營業之後，店裡的業務變得比較忙碌，我就很少有機會接觸到書本，連搭地鐵的時間也沒辦法閱讀，更別提在辦公室或家裡。我每天工作十二到十四小時，事情應接不暇，回到家後多半疲累不堪。我目前的工作跟過去截然不同。以前我經營的是小規模的社區型書店，那時候我

的工作包括挑選店裡要出售的書籍，以及向顧客推薦我覺得他們會喜歡，或者有必要閱讀的書。以前我很喜歡那份工作，因為我必須讀很多書，才能夠向顧客提供好的建議。那時我真心享受著工作，一點兒都不覺得累，也不嫌煩。

不過，自從書店規模擴大後，我的工作變得比較像是百貨公司的經理，每天忙著規劃賣場空間，好容納每星期像超級海嘯般湧進來的新書。我一點都不喜歡那樣的工作模式，可是為了使業務順利運轉，為了書店可以營運成功，我覺得自己只能認命地付出代價，因為那個時候我認為沒有什麼事比書店更重要。最後，我告訴自己：「每個人都無法避免放棄生命中某些重要的東西，我憑什麼與眾不同？」然而，我絲毫沒有察覺到，這

種生活正一步一步慢慢地啃噬掉我的生命。

兩年前別人對我說過的一席話偶而會突然在耳畔響起。那天早上，當我踏出書店前的地鐵站時，那番話再度浮現腦海。我已經不記得這些話究竟是誰說的：「伊佩蘭莎，妳的書店一定得擴張，唯有這樣妳才能生存。要嘛妳擴大規模，要嘛被大型連鎖店擊垮。」因此我選擇擴大營業，至少店面變大了。可是我一點都不喜歡這種新局面，因為我最珍愛的閱讀樂趣橫遭剝奪了。俗話說：「補鞋匠的兒子穿破鞋。」可真是一語道破我的處境。

整個早上我都待在閣樓上的小辦公室裡跟應徵者面談。我在書店有個得力助手叫馬可斯，他趁空檔進來提醒我前一天答應跟他談談，他說事情

很緊急，不可以再拖下去。馬可斯顯得很不安，這很不尋常，因為他通常很理智、很冷靜，我經常得仰仗他。但是那天早上他的舉動讓我覺得他似乎碰到了什麼問題，而且顯然處理不來。

等我跟十幾名應徵者一一談過後，時間已經接近中午，我才終於可以跟馬可斯聊聊。馬可斯走進我辦公室時，臉上的表情簡直像在參加葬禮，他在桌子另一邊坐了下來，兩眼直盯著我瞧。看到他臉上的表情，我想那些客套話都可以省了。

「伊佩蘭莎，情況很不妙，書店的業績一天比一天糟。昨天晚上我留下來看了上個月的銷售數字，發現我們真的在走下坡。」他遞給我一張填滿數據的試算表。「以前的狀況當然也不理想，可是現在我們直往下滑，

而且已經出現赤字了。」

「我實在不懂，」我忿忿不平，「其他大書店所做的事，我們也都做了，不是嗎？所有的新書我們都有。我們有很多好書可供顧客選擇，該有的折扣也都有，我們也辦新書發表會，中午不休息，周六也營業，有時候連星期天都開門，我們還有網路雜誌，提供網購服務……還有什麼是我們沒做的？」

我們靜靜地坐著，百思不得其解。對於書店的經營，馬可斯向來極有見地，也敢於直言，現在他卻無話可說。他一隻手繞到背後隔著短髮搔搔頸子，另一隻手在空中無意識地搖晃著原子筆，活像個精神渙散的樂團指揮。

「馬可斯，你覺得我們的問題出在哪裡？」我問道，一方面是因為我真的想不通，另一方面只是想打破那種尷尬的沈默。

「我真的摸不著頭緒。我知道員工們都很認真、很努力，而我們店裡的書目跟大多數的書店差不了多少。以前我總以為是因為我們沒有空間陳列新書，可是現在我們規模擴大了，情況卻沒有半點改善。我們也把店內的空間運用發揮到極限，走道寬度只要再減個幾公分，客人恐怕就得拿著開山刀劈開書架才能通行。」

我跟馬可斯共事多年，很清楚他的個性，我知道他為了扭轉頹勢，一定費盡了心思。如今他已無計可施，覺得一籌莫展，所以感到既挫敗又憤怒。

我跟他不一樣，我只是覺得悲哀。事實上，這股悲傷的情緒已經如影隨形跟著我好幾個星期，而那天的感覺更是強烈。難以捉摸的不確定感籠罩著我們，我可以感覺得到那股惹人厭的哀愁像潮水般一波波襲來，在我的動脈和靜脈之間流竄，貫穿我一早醒來就飽受夢魘魅影折磨的身軀。那些夢魘一直以窒人的空虛感傳達著某種失落並提醒著我，有某件很重要的東西遺失了。

我突然感到全身乏力，幾乎無法端坐在椅子上。我意識到支撐著自己活下去的最後一絲氣力彷彿慢慢在流失，感覺到地心引力正在摩拳擦掌，準備毫不留情地連拖帶拉，把我和我胸口沈重無比的空虛感一併扯進地底深淵。

「伊佩蘭莎，妳的氣色很差。」馬可斯說道。他想必發現我臉上毫無血色。

「欸，是啊……昨晚睡得不太好。」我找了個藉口。

「妳的臉色看起來像是一整年都過得糟糕至極。」

「被你看出來了……」

我倆有氣無力地笑了笑，再度陷入沈默。不過我很快又開口說話，因為我想跟馬可斯談談我的狀況，看能不能找出點頭緒。

「馬可斯，你有沒有過一種感覺，就是好像有什麼東西不見了，可是卻不知道是什麼？」

「天吶，伊佩蘭莎，妳該不會又把鑰匙搞丟了吧？拜託，千萬別跟我說店裡的鎖又得全部換掉，我們負擔不起這筆額外開銷。」

「不，不是這樣的。我覺得我丟了東西，這次不是鑰匙，可是我也不清楚究竟是什麼。我只知道我這裡，我的胸口，老是空蕩蕩的。那種空虛感很真實、很具體，好像我的心被掏走了。」

我不看也能意識到馬可斯臉上的那股憂心忡忡。

「不會吧，現在我真的開始擔心了……妳有沒有考慮過尋求專家協助？我猜妳的工作壓力太大，已經影響到生活品質。妳的氣色看起來不太好，整個人垂頭喪氣、無精打采。」

「少來！你太誇張了。」我勉強擠出一絲笑容。

「對了！我需要一點新鮮空氣，我想出去散散步，反正我也得買點東

西。我們回頭再談，可以嗎？」

我沒等他回答就站起身來，費了好大的勁兒才拿起外套，因為我的關節好像不聽使喚。然後我拖著沈重的身軀，穿過新書陳列區，走向門口。

經過櫃台時，我轉過身向店員們揮手道別，那一刻我忽然驚覺，店裡其他的員工跟我一樣，個個面露愁容。其實這種情況已經持續好些日子了，就在我眼前，但我卻一直視而不見。

〔第三章〕

雨水和淚水

走出書店大門時，外面正飄著雨，可是有好長一段時間我都渾然不覺。我沒有撐傘，就這樣走在雨裡，穿過市中心的狹窄街道，閃躲著路上的行人，或者該說，任由路人在我身邊穿梭來去。我的腳踩進水坑，濺起了水花，可是我什麼都看不見，穿著高跟鞋的腳也沒有任何感覺，整個人徹底從周遭環境抽離。

店員們神色憂傷的那一幕，深深烙印在我腦中。就像某些時候，突然

有個頑固的念頭牢牢盤據心頭，徹底掌控我們的注意力，把我們孤立於現實世界之外。那一幕影像跟近日以來揮之不去的那些苦惱不同，它無聲無息，靜靜地撼動著我的心。彷彿過去在我生命中扮演著重要角色、撫慰我的心緒、常讓我茅塞頓開的語言文字，如今再也不能忍受我的充耳不聞，毅然決然隨風飄逝，拒絕再為我開解。

那幅影像很鮮明、很直接，可是我還無法解讀其中的深層意涵。女店員們顯然很悲傷。店裡就算有客人，也是寥寥可數。面對客人時，她們顯得意興闌珊，提不起勁。但是，究竟是什麼原因讓她們感到悲傷？這只是一時的現象？或者已是經年累月、根深蒂固？最重要的是，這跟書店眼下的困境有關嗎？

一開始我猜想那也許是受到天氣的影響，因為陰鬱的天色會對人的情緒產生負面影響，即使是年輕人也不例外。

我又想，或許馬可斯跟員工們聊天時提過店裡的慘澹現況。不過這也不太可能，馬可斯個性小心謹慎，沒有得到我的允許以前，他應該會守口如瓶。

當然，我也考慮過會不會是我自己的問題。也許我對員工不夠好，譬如說給他們的薪資不夠高，或者要求過多、工時太長等等。但我知道事實並非如此。我確認過，店裡的工作條件比起本地其他書店毫不遜色，甚至更優渥。何況，員工們向來跟我很親近，我還知道其中有幾個人很敬重我，特別是那些年紀比較輕的，可以說把我當成媽媽般看待。

既然他們對店裡的經營困境毫不知情，對工作條件也沒什麼好挑剔抱怨的，那他們的問題在哪裡？為什麼一個個在店裡面都愁眉不展的，除了結帳、跟客人道別之外，什麼都不想多做？

然而，或許在我踏出店門前回眸一瞥所看到的那一幕其實只是我自己的幻覺，是某種複雜的疾病所引發的假性症狀，需要更精密、更準確的診療。可是，我的直覺推翻了這種猜測。我的直覺告訴我，我看到的、碰觸到的，是尚未癒合的傷口。

我發覺自己認真考慮著是否該迷途知返？我向來不輕易認輸，可是眼下的局勢顯然已經超乎我的能耐，重新回到過去的社區型小書店似乎是唯一的解決之道。我在腦海裡想像著自己在那條已經走了兩年的路途上往回

走。不過，我其實心知肚明，走過的路無法再重來：你可以走在同一條路線上，但腳下踩的步伐卻絕不會相同。

接下來我再也無法思考，因為淚水從眼裡汩汩湧出，眼前的景物迷濛，我的腦子也一片空白。我哭了起來，就像電影《銀翼殺手》（Blade Runner）裡的劇情一樣，雨水與淚水已然混雜難辨。

那時究竟發生了什麼事，我已經記不清楚，只知道自己全身濕透，不知在雨中走了多久，突然有人抓住了我的手臂，領著我走到附近一處屋簷前避雨。我站在那裡斷斷續續地啜泣著，就這樣過了好一陣子，我矇矓的淚眼忽然瞥見一塊招牌，上面寫著：「失落靈魂招領處」。

〔第四章〕

失落靈魂招領處

從我踏進那道鑲嵌磨邊玻璃大門的那刻起，一直到我走出來，這期間的過程很有可能是一場夢。倒不是說那扇門裡所發生的一切都是幻象，只是真真假假其實已經不重要了。說到底，我們每天經歷的事不都虛虛實實、混沌迷離，可是又有誰會去認真計較孰真孰假呢？

或許我在走入那扇門之前就已經暈厥過去而不醒人事，幾個小時後又在同一處地點甦醒過來，我也不清楚。可是我知道，對於那一整個過程

我記憶深刻，那段經歷或許如夢似幻，卻是我有生以來最鮮活、最真實的經歷。對於任何正在閱讀這本書的人，我只能這麼說：在那兩、三個小時裡發生了一些很離奇玄妙的事，那些事情只會出現在童稚世界裡（那個世界屬於我們生命之中很特別的時期，在那裡，任何事都可能發生）。那些事讓我領悟到自己究竟失去了什麼，更重要的是，指引我找回了失落的東西。

我踏入那扇門，緩步朝櫃台走去。身上的雨水滴落地面，留下長長一道水漬。這間辦公室差不多跟銀行的小分行一般大小，可是除了幾張椅子，再沒有任何傢俱，看起來倒像是間候客室。牆壁上沒有張貼任何圖片或海報，室內也看不到盆栽植物或其他的裝飾物品。

辦公室裡只有一名老人，他臉上和善的笑容像是深深鐫刻在佈滿皺紋的臉上。老人出聲招呼我。

「小姑娘，下午好！外面在下雨，對吧？」老人說：「有什麼妳可以幫妳的？」

「你說什麼？」

「我說，『小姑娘，下午好……』」

「對，對，那句我聽到了，還有別的。」

「有什麼妳可以幫妳的？」

「對，就是這句！你應該說『有什麼我可以幫妳的？』不是嗎？」

「不，當然不！我們都得扛起自己幫自己的責任，我充其量只能幫妳

幫自己。」

他的話讓我思索了好一陣子。可是氣氛太安靜了，我無法忍受，於是馬上又開口說話，這回是自言自語。

「真是奇怪的地方，辦公室裡沒人辦公，一個老人猛打啞謎，就連門口的招牌都錯得離譜。」

「噢，對了，招牌！」老人大聲回應我才說出口的話。「很有創意，對吧？是寫招牌的人的點子。他真是個好孩子，很機靈，我們一跟他說明我們的業務，他馬上就幫我們想了這個名稱，『失落靈魂招領處』，妳不覺得聽起來很有詩意嗎？」

忽然間，我覺得鼻子裡癢得不得了，忍不住朝櫃台打了幾個噴嚏。老

失落雲魂
招領處

人的話語縈繞在我腦中，在我的腦殼裡彈過來、跳過去，活像有人在一場瘋狂的演奏會裡賣力搖晃著沙鈴。「小姑娘，看來妳剛剛玩水了。」老人笑著說道，語氣裡帶著溫柔的責備。「媽媽沒告訴過妳淋雨會感冒嗎？算了，不必回答我。拿去吧！」

他從櫃台底下拿出一條毛巾，遞了過來，好像早料到會遇到像我這樣的狼狽局面。我接過毛巾，擦乾了臉和頭髮，等到鼻子不癢了，才又開口說話。

「那麼，這裡不是鎮公所的『失落物品招領處』囉？」

「是，也不是。」

「算了，我看得出來你根本不想幫我忙。」

「我想我已經跟妳說過了喲，小姑娘呀，只有妳……」

「對，對，好吧……嗯……」我解釋道，「事情是這樣的，我丟了樣東西，我看到門口招牌的時候心想，也許是命運安排我來到這裡。我的意思是說，我覺得我可以在這裡找到我遺失的東西。」

「啊哈！那麼妳弄丟了什麼呢？」

「嗯……我不知道。」

說出這幾個字時，我滿懷羞愧地低下頭，雙頰熱呼呼的，就像個沒有做功課的小孩，回答不出老師的問題，竟然還自相矛盾地要求某種回報，偏偏又不知道自己究竟要什麼。

不過，老人好像並沒有被我搞糊塗，他說：

「別擔心，像妳這樣的情況我一天會碰上好幾回。而且這也沒什麼好奇怪的，如果人們根本不明白自己擁有些什麼，那他們怎麼可能弄清楚自己遺失了什麼呢？我們老是擔憂自己無法擁有某些東西，根本不知道我們其實並不是很需要某些我們已經擁有的東西。不過別擔心，不管是什麼東西，我們都可以找回來。世界上沒有多少東西會永遠消失不見。」

我羞怯地抬起頭，等著老人繼續說話，可是他沒有再出聲。相反地，他向我伸出手來，鼓勵我說點話。這時我才想起來：我得自己幫自己，不能被動地等他來幫我。我挺直腰身，用毛巾把臉擦乾後說道：

「我看看，我的鑰匙還在，這算好的開始。我想，我平時用的那些東西也都在。我沒有列過明細，不過這不重要。我們如果把自己很喜歡的東

西弄丟了，會覺得特別傷心，尤其是那些對我們很有意義的東西。可是那種多半不是日常生活用品，對吧？更何況，我本來就不是個很重視物質的人。沒錯！我很喜歡我的書，可是書本終究也只是物品。書本帶給我的感受已經埋藏在我的心裡，不在書本上。所以，如果不是實體的物品，那就一定是無形的東西，不是嗎？」

「別問我，問妳自己。答案就在妳心裡。」

「好吧！嗯，無形的東西……我的同憶嗎？不，我的回憶完好無缺。到現在我都還記得家人的生日，不需要翻查筆記。不過，現在回想起來，最近我的記憶力是有些衰退……那麼是我的責任感嗎？不可能！我不能忍受自己沒有責任感。我從小就養成負責任的性格，它已經深植在我的心中，我對自己做的任何決定都勇於負責，即使是錯誤的決定。是愛情嗎？也不是，我非常愛我女兒，也愛我的丈夫，雖然我不否認我們現在的感情沒有以前好。我知道問題在我，因為我把全副心思都用在經營書店、應付書店的困境上。那麼是我的力量嗎？嗯，這不無可能。事實上，我老覺得自己有氣無力、疲憊不堪。過去這幾個星期以來，我就像被敵軍圍困，儘管拼命設法退敵，堡壘卻仍是岌岌可危。更糟的是，今天早上我的胸口有一股令人窒息的空虛感，我幾乎動彈不得。對了！現在我知道了！我失去了我的力氣，錯不了！」

「小姑娘，妳確定嗎？」老人問道。

「嗯……是的……」我答得有點心虛。

「我可不是倚老賣老，可是根據我的經驗，力氣不是我們與生俱來的，所以妳沒有辦法失去或不再擁有力氣。力氣就像足球，如果灌飽了氣，皮革撐得夠硬，就可以拿來玩。可是打進去的氣比外面的皮革更加重要。我是說，灌進足球裡的氣比較重要，因為是它從裡面把球撐開來的。」

我不知道自己是不是聽懂了他這番話，可是他說得沒錯，我不是失去力氣，而是失去讓我產生力氣的東西。

我大概露出了一臉的困惑吧，因為老人又發話了。

「妳不妨做個簡單的試驗，先仔細想想妳的感覺。我問妳，如果要妳形容妳現在的感覺，妳會怎麼說？」

「悲傷。」我脫口而出。

「嗯，悲傷！所以妳失去的是……」

「快樂嗎？」

「不無可能。我再問妳，如果現在有人問妳，妳需要什麼東西來讓妳停止悲傷，妳會怎麼回答呢？」

「嗯，主要是一件事。我希望我的書店生意好起來，希望有很多顧客進門來買一大堆書。當然，還希望不用再擔心付不起貸款或發不出薪水。不過，如果書店生意好起來，這些就不是問題了。我從來就不奢求變得富有，至少在物質上是如此，所以，我相信只要書店的問題解決了，我就能找回我的快樂。這樣我就會有時間跟家人和朋友相處，也有時間讀書。」

「小姑娘，恕我問個蠢問題，妳剛剛提起的困擾，就是那家不賺錢的書店，它的問題能在一時半刻，比如說幾個小時以內，解決得了嗎？」

「什麼？幾個小時以內？絕不可能！說老實話，我到現在還理不出個頭緒。」

「好吧，那麼妳現在試著假裝妳已經找到書店問題的癥結，假設那是個具體的單一問題，妳想像自己離開辦公室之前已經心裡有數，知道怎麼做才能夠扭轉局勢，知道怎樣可以讓事情的發展如妳所願。那樣的話，妳會有什麼感覺？」

「我會有什麼感覺？要是那樣就太妙了！那時我就會覺得前途光明，甚至可以找回我的夢想。」

「哈！小姑娘！就是這個！」

「就是哪個？」

「妳失落的東西，就是夢想。妳的夢想。」

〔第五章〕

有人撿到夢想嗎？

我張大了嘴，不是說不出話來那樣傻傻張著嘴，而是因為某種重大發現而震驚得手足無措，下巴自然而然往下掉的那種。

老人看了我的反應後說：

「很可能在最近的某個時刻妳疏忽了妳的夢想，所以它消失了。鑰匙會遺失，夢想也一樣。如果我們不夠關心夢想，忘記了它在我們生命中有多麼重要，我們就會失去它。失去夢想的情況是最糟糕的，因為妳不能複

製一個備份的夢想放在床頭櫃上，或掛在走道的鑰匙櫃裡。夢想很獨特，人無法複製夢想。」

這可說是最最恰當的比喻，因為我老是搞丟家裡和書店的鑰匙。也許老人也知道這點，才會做出這樣的比喻，雖然我不明白他究竟如何得知。說實話，我懷疑他知道很多關於我的事，比一個單純的陌生人能知道的還多很多。

「很不幸，」老人接著說，「一直以來，碰到這個問題的人愈來愈多。我說『很不幸』，是因為人活著不能沒有夢想。失去夢想的人也許勉強稱得上活著，可是他們的生命無法發光發熱。」

我覺得老人的說法未免言過其實，於是鼓起勇氣提出質疑。

「可是我經常作夢，我會夢見每天早晨看到我的女兒，夢見人們告訴我他們很喜歡我推薦的書……沒錯，我也有夢。」

「我可沒說妳不會做夢，問題在於我們已經改變了對『夢』這個字的定義。今時今日，我們可以有各式各樣的夢，甚至夢想買行動電話。問題在於，如果沒有深遠而持續的人生夢想支撐著我們，讓我們活下去，那些日常生活中讓我們感到開心的一些瑣事就沒有太大的意義。每個人都得找到自己的人生夢想。找到了之後，還得哺育它、珍視它、滋養它，否則它會悄悄溜走，我們就會失去夢想。有了夢想的人生，就像是一條有自己的水道的河流，可以吸納許多細小支流。如果沒有水道，那些很重要的小支流一出現就會消失，迅速流逝，就像杳無所終的小溪流。」

「請問一下，我遺失的東西難道不正是我的快樂嗎？因為悲傷的反面就是快樂，不是嗎？」

「快樂通常視情況而定，也會很容易地就消逝不見，我們偉大壯麗的夢想更是如此。當悲傷出現時，快樂就會離我們而去，可是，如果根基穩固，夢想就可以屹立不搖。夢想本身就包含快樂，夢想之中就有快樂存在。或者說，夢想本身就是快樂，而且比快樂更進一步，它讓人在企盼未來的同時，不忘品味當下。人不可能一直保持快樂的狀態，但卻可以活得熱情有勁。如果妳身邊有人一直都很快樂，一天二十四小時、一年三百六十五天都開心得不得了，妳就得幫幫他們，因為那些人一定是生病了。」

「可是如果一直覺得很快樂，那不是很棒嗎？」

「不是的，小姑娘，那根本就是不正常。生命裡有些事會讓我們開心，可是有些不會。生活不如意的時候，我們就得帶著哀傷、憤怒、恐懼以及所有這些情緒去經歷。有時候生命很痛苦，痛苦正是生命的一部分，我們不應該把它隱藏起來，也不該否認它的存在。」

「你的意思是說人可以一直擁有夢想？」

「當然。夢想讓我們有所期待，不只是對未來有所期待，對當下也是如此，永遠都是這樣。只要有夢想，不管是什麼樣的夢想，生命中常有的挫敗都會變得只是小事一樁，轉瞬即逝，沒有什麼決定性的作用。而且，這種時刻通常都是絕佳的學習契機。」

我不確定自己是不是聽懂了老人的解釋，只好沈默以對，暗自思索。我在想，如果我把夢想弄丟了，那就表示我必定曾經在某個時刻擁有過夢想。於是我問自己：「我的夢想裡會有些什麼？我又如何看待自己的夢想？」可是，當我向內心探求答案時，卻只找到一片的空虛，它不但讓我充滿悲傷、身心俱疲，它也像一道阻礙，把我此刻的心情和我深層的渴求隔絕開來。

老人的聲音把我拉回現實。

「這個辦法應該會有用。」老人說道，他右手拿著一枝鉛筆，像是要記筆記的模樣。「妳回想一下，妳是什麼時候失去人生的夢想，或其他的夢想？也就是說，妳最後一次意識到妳的夢想是在什麼時候？」

「夢想也會遺失嗎？就像找不到某件舊東西一樣？」

「不是像某件舊東西，而是某件非常重要的東西。打個比方，就像是妳的鑰匙。想像夢想是一把鑰匙，它可以開啟妳的心扉，失去了它，妳就無法進入自己的內心。」

「哎，說到搞丟鑰匙，我倒是挺在行的。」我自憐自艾地說道。「問題是我從來不知道怎麼把鑰匙找回來，因為我老是想不起來自己把鑰匙丟哪兒去了。如果就連鑰匙這麼具體的特定物品我都找不回來，天曉得我的夢想究竟在何方。我壓根兒不知道我把它丟在什麼地方，也記不起來夢想最後一次出現在什麼時候。」

「那麼，我來查查資料，看看有沒有人撿到什麼東西，送到這裡

來……」

「送到這裡來！」我驚訝得大叫出來，「怎麼可能有人撿到無形的東西，還送過來，根本沒辦法拿在手上呀！」

「哎呀呀，小姑娘，妳太在意物品的有形無形了……人的生命裡最真切的東西其實都沒有形體。妳知道的，像是愛、友誼、勇氣、尊敬、快樂、責任等等，可是沒有人否認它們的存在，不是嗎？在我們的儲藏室裡有些無形的失物其實是生命裡非常重要的東西。」

我的下巴又掉了下來。跟一個才剛謀面的老人談我如何失去夢想這件事已經夠荒唐，現在我的夢想還可能被存放在某個儲藏室裡，要找到它還得翻查一本看起來像是帳簿的東西，而那上面的紙頁顯然跟它的主人一樣

的古老。不過，儘管我內心一陣抗拒，整件事卻不無道理。老人把一副眼鏡架在鼻樑上後開始查閱，他的食指循著一些手寫的註記慢慢往下挪動，小心翼翼地翻頁，不錯過任何一筆資料。

沈寂了幾分鐘之後，老人搖了搖頭，雖然他似乎還對帳簿懷抱一絲希望，但他說道：

「小姑娘，有個壞消息要告訴妳。妳的夢想的的確確存放在我們的儲藏室裡，可是它不完整，大概破裂成了好些個小碎片，可能有人撿到了這些碎片，送了過來。現在妳必須找到那些碎片，把它們拼湊起來，只有這樣才能找回妳的夢想。當然，這個任務很艱鉅，但並非不可能。」

我的臉色大概一陣慘白，因為當老人抬起頭來時，他的表情突然從憐

惜變成警覺，他驚叫道：

「我的天啊！妳身上沒有半點顏色！」

我原本以為他只是在比喻我面無血色，直到我看到自己的手、手臂以及身體的其他部位，我發現自己竟像部老電影，而且是部黑白片。

〔第六章〕

仙女

老人兩眼緊盯著我，一邊伸手抓起一部樣式十分古老的電話聽筒。那電話跟我小時候在奶奶家裡看到的一模一樣。我聽到老人說：

「打擾一下，這裡有個灰色警戒……沒錯，沒錯，完全沒有任何色彩，而且她的狀況正迅速惡化中。少來了，你這女人。我知道妳忙得不可開交，可是如果情況不緊急，我也不會找妳！她的夢想。嗯，她看起來很有心想幫自己的忙。好！是，親愛的，是。以後再請妳吃冰淇淋……很

好，等妳囉！」

老人掛上電話，對我露出淘氣的笑容，可是很快又恢復嚴肅的神情。我正打算問他剛剛是跟誰講電話，忽然就聽到身後傳來女人的聲音。

「我的巫婆啊！這可真是不得了！」那個聲音大叫道，「她可真是一丁點兒顏色都沒有哩！還好你打電話找我……」

我轉過身去，看到聲音的主人是一個五十歲上下的紅髮婦人。她的身高比我矮些，身上穿著一件紅色洋裝，領口開得很低，與她火辣辣的豔紅唇膏正搭，更突顯了她石灰般蒼白的臉頰。我沒有聽到她走進來，不過，後來我才知道她不需要開門關門，就可以從一個地方換到另一個地方。

「妳叫什麼名字？」那婦人問道，一邊朝我走來，兩眼毫不客氣地上

下打量著我。

「我叫伊佩蘭莎，妳好嗎？」

「拜託，客套話就省省吧！我們兩個相差不到十歲吧。」她用手順了順頭髮，很逗趣地把一縷髮絲纏繞在手指頭上，「我叫做仙女。」

「我猜仙女應該是妳的小名吧。」

「並不是，少自作聰明，那是我的真名。」

「就是像神仙教母那種仙女？」

「沒錯，我正是神仙教母。」

「噢，少來！」

我忍不住笑了出來，但很快地，我發現自己冒犯了她。

「妳說『噢，少來！』是什麼意思？」她的雙頰漲紅，不一會兒全身就像著火似地紅通通的。「妳沒看過彼得潘的電影嗎？妳難道不記得小仙女叮噹死的時候，彼得潘說：『我相信世上有仙女！我相信世上有仙女！』天哪！那一幕看得我傷心透頂！我想那是我這一生唯一一次在電影院裡面哭泣。」

「電影院！神仙教母才不會上電影院，她們也不穿低胸洋裝。」

「我的領口哪兒招惹到妳啦？」

「這個嘛，就是不太得體。」

「哼，妳根本就是偏見。我說得沒錯吧！哪一條法律規定神仙教母不能展現一點兒魅力？」

「在故事裡就不會……」

「不要相信妳在故事書裡讀到的一切！」她大聲叫嚷著。「算了，我可不只是個尋常普通的花園神仙教母。打從小時候起，我就非常非常崇拜巫婆，其實我很想變成巫婆，對我來說，她們可是比仙子仙女們迷人多了呢！可是，有一天我發現自己這樣也還不賴，而且反正也改變不了現狀。雖然不容易，但我終於決定接受自己本來的樣貌……」

那一瞬間她好像凝視著櫃台後方的牆面，可是她的目光很快又回到我身上，很自以為是地說道：

「啐！我搞不懂自己為什麼要在這裡跟妳瞎扯這麼多？來吧，我們該幹活了。如果妳不相信我是神仙教母，那就當我是個治療師，或是個最厲

害的指導員……現在指導員這個職業正夯，不是嗎？不管怎樣，妳看得到的才能拿得到，要嘛帶走，要嘛留下。」

「我需要回答妳嗎？」

「當然。還有，別忘了我可是很搶手的。這年頭有太多人把夢想搞丟了。還有其他很重要的東西，比方勇氣啦，倫理道德啦。所以我不會勉強妳，我隨時會飛走，讓妳自個兒去應付。」

我忽然很害怕被丟在陌生的地方而迷路，或孤單一人。我輕輕聳了聳肩，意味著「好吧」，可是看起來比較像在說：「我有什麼選擇」。即使如此，我還是膽敢再一次質疑仙女的威信：

「嘿！如果妳真是神仙教母，那為什麼不揮一揮妳的魔棒，一眨眼就把我的夢想變回來？」

「理由很簡單，因為我不是妳。有些事情只能由妳自己幫自己做，這就是其中之一。這是妳的追尋。更何況，這種事沒有捷徑。」

「好吧。」我終於同意，當我說這話時，又意識到胸口那股空虛感。我閉上眼睛，隱約感覺到胸腔裡一陣悸動，彷彿它有自己的生命，也期待著、盼望著再次感到充盈。於是我提出了當時我所能問的唯一的問題。

〔第七章〕

空白紙測驗

「那我要怎麼做才能把夢想找回來？」

「我等會兒就跟妳解釋，在那之前，我們得先評估妳的狀況，現在我們要做空白紙測驗。」

仙女轉身走到櫃台一端，老人在那裡，手上拿著幾張白紙。仙女接過白紙，遞給他一張，也給了我一張，然後在自己面前放了一張。我看到老人把他的白紙放在櫃台上，緊盯著瞧，臉上堆滿了笑，好像我們準備要玩

遊戲，而他正在想像著遊戲將會多麼有趣似的。事實也差不多就是這樣，只是那個時候我還不明白，因為我已經忘記了遊戲有多麼重要。

「現在妳要用這張白紙做任何妳想做的事，任何事，妳想做什麼都可以。」仙女說道。

「可是，我不懂妳的意思。」

「我不能給妳任何暗示。妳心裡最先想到什麼，就做什麼。我們也要做，免得妳覺得自己是孤孤單單地在做測驗，或覺得我們在觀察妳。我們也很愛玩這個遊戲，對不對？」

她望向老人，兩個人一起笑了，就像兩個偷藏了秘密的小孩子。

「我有多少時間可以做這個？」我問道。

「妳有全世界的時間，可是妳沒有時間。」她答道。

「又來了，又打啞謎……」

「這不是啞謎，這是事實。妳愛玩多久就玩多久，可是妳沒有時間可以浪費……就這樣，開始動手吧！現在先不要擔心時間的問題，好嗎？」

我用眼前這張白紙，做了我腦海裡最先想到要做的事——找枝筆來寫點東西。我拉開手提包拉鍊，發現袋子裡都是水，平時塞在包包底層的物品全泡在水裡，全都毀了，包括我的行動電話、筆記本、化妝包、錢包、鑰匙……我氣極敗壞，幾乎當場想把袋子清空，把裡面的東西全丟在地板上。不過，我覺得很尷尬，同時又突然想起那是我當天第二度想要把包包裡的物品清理出來。所以，儘管我很生氣，我還是按耐住脾氣。我伸手到包包底部，急切摸索著那枝多年來一直隨身攜帶的筆。

我再度面對那張白紙，開始思考該寫些什麼內容。可是，當我扭開筆蓋，黑色墨水卻突然迸射出來，把白紙給濺污了，彷彿我的墨水筆百般不屑地朝那張白紙吐了口唾沫。這下子我更加怒不可遏，一時失控狠命地把筆摜在地上，接著再把包包裡的東西一件件摔下地。等到袋子裡的東西都丟光了，我把袋子也扔了。袋子不像其他物品，它並沒有在上過蠟的地板上彈跳，只是沈沈地落地，沒有發出半點聲響，像個爛透了的蘋果。

可是我的怒氣還沒宣洩夠，我轉過頭看到那張髒掉的白紙，伸手把它抓起來，擰成一團，任由雙手被黑色墨水所沾染。接著我轉身朝向門口，像個瘋狂的鉛球選手似的，把那團紙朝著鑲有磨邊玻璃的門板內側使勁甩去。門板上「失落靈魂招領處」的反面字樣清晰可見。

我丟出那團紙後，立刻為自己的不理性行為感到羞愧，我回頭望著仙女和老人，想知道他們對此作何反應。我了解自己所處的情境相當離奇，可是當時眼前的景象更是離奇萬分。他們兩人笑得像小孩子似的，開心地投擲著他們用白紙折的紙飛機。

仙女和老人一邊丟著紙飛機，一邊大聲笑鬧著，打賭誰的飛機飛得比較遠。兩架紙飛機幾乎都是直線飛行，落在我揉捏的那個骯髒紙團前方大約一隻手臂距離的地方。我看到那三張白紙，我的皺成一團、毫無用處，另外兩張則變成優美的飛行器，我忍不住想哭。接著我哭了起來，毫不遮掩地低聲啜泣，淚水像濛濛細雨般落在我的雙頰。

〔第八章〕

向覺醒的心探尋

這一天，第二度有人——這回是仙女——拉起我的手臂。同樣也是第二度，我無助地屈服了。仙女默不作聲，領著我走向房間另一頭的一扇門。到了那裡，我從朦朧的淚眼中看到一面招牌，上面寫著：「醒覺心」。我想問仙女這個招牌有什麼特別的意義，或者只是那位以機靈聞名的招牌寫手所創作的另一道啞謎，可是我實在打不起精神。緊接著又有別的東西分散了我的注意力。仙女沒有打開門走進去，她拉著我直接穿越那

道門，彷彿那扇門只是一幅全像立體圖。

我連驚訝的時間都沒有，我的雙眼開始適應眼前這個光線微弱的房間。房間看起來像是檔案室，或是廢棄工廠的儲藏室。兩旁有無數的置物架，一直往上延伸到天花板，中間形成一條看不到盡頭的走道。仙女和我沿著走道漫步了好一會兒。她好像在尋找什麼東西，我跟在後頭。

當我們走在一條跟別的走道沒什麼兩樣的狹窄甬道上時，仙女突然大聲說：

「哈！就是這個！」

仙女放開我的手臂，從架子上取下一些東西，遞給了我。裡面有件小女孩的洋裝，白色的，搭配一套同樣也是白色的貼身襯衣，還有一雙黑色

漆皮鞋。那些都是我女兒的尺寸，或者該說，是八、九歲小女生的尺寸。

「穿上吧！」仙女對我說，「我們要去夢想樂園。」

「我怎麼可能穿得下小女孩的衣服！」

「我的老天吶，妳的想像力都到哪兒去了？不過話說回來，也對……好吧，我會跟妳解釋，可是只能說個大概，因為我們還有很多事要做。首先，這不是一般的小女孩洋裝，這是妳小時候的洋裝，也就是說，這是妳失落的童年。妳看，這裡還有其他的洋裝、T恤、短褲、皮鞋、膠底帆布鞋，尺寸都是二十九到三十號。這些都是人們的童年，有男人的，也有女人的。在他們人生的某個階段，這些人覺得他們不再需要童年，或者說，因為虛榮，這些人揚棄了童年。」

我望著架子，發現上面滿滿都是舊童裝。

「在某個時刻，妳把這些東西遺留在某個地方，它們最後都來到這個儲藏室。現在妳需要它們幫妳找回夢想，因為剛剛妳在做空白紙測驗時，我發現妳已經把某些很重要的東西忘得一乾二淨。生命是一場遊戲，也許我應該說，生命是場需要在其中玩樂的遊戲。」

「可是仙女，這樣未免太不負責任了！」我抱怨起來。「如果我們成天玩樂，那麼誰來做工作？一切不就都得停頓下來？誰來建學校？誰來種植穀物？又有誰來幫人治病？妳在這裡也許無所事事，但外面可是個弱肉強食的世界，得要時時自我鞭策才能有所作為。」

「有所作為？只是順勢而為不行嗎？又或者，既活在當下，又順勢而

為，不是更好？」

面對仙女的質疑，我一時語塞。仙女好像也並不期待我的回答，因為她自顧自地繼續說下去：

「無論如何，誰說工作和遊戲不能並存？遊戲可不代表遺忘現實或逃避責任。因為所有的遊戲都有規則，都有目的，何況，它們終究只是遊戲。我強調的重點是抱持玩樂的心態，輕鬆看待人生。」

「可是小時候在學校裡，老師總是說：『遊戲時間結束了，開始做功課。』」

「這我知道，那真是大錯特錯。只把工作視為一種獲取的手段也是一個錯誤。當人們誤以為結果比方法——也就是遊戲的目的——更重要時，

夢想就會消失。」

我忽然想起我的書店，我勤奮努力，想把它經營得有聲有色，我相信工作是無可避免的犧牲。聽了仙女的話之後，我體悟到——不論成果如何，當下的生活才是重點。可是過去的我徹底忽視了這點，因而將夢想推拒於千里之外。所以，我，以及我的心態，才是造成失落的罪魁禍首，不是我所處的環境。

儘管如此，我還是不願意承認工作和遊戲可以合而為一。所以我說：「可是仙女，遊戲是孩子們的事，而我活在成人的世界裡。」

「嗯，遊戲是孩子們的事，這點我們的看法倒是一致。說得更確切一點，遊戲是每個人的事，因為每個人的內心都有個孩子。我們都曾經是孩

子，也應該還是個孩子。我們都被誤導了，以為必須跨越童年，拋棄童年，才能夠成長。但事實並非如此。成長是一種不斷返回我們內心童稚的過程，至少直到我們能夠把那份童心融入我們的成年生活裡，兩相均衡為止。」

仙女停頓下來，歇了口氣，順勢強調她接下來要說的話：

「伊佩蘭莎，有件事妳一定得記住——沒有遊戲，就沒有夢想。我跟妳說個趣事，『夢』這個字的拉丁文是『illudere』，它的動詞形是『ludere』。那麼『ludere』又是什麼意思呢？它的意思是玩樂。我們要能夠玩樂，才會有夢想；我們越能玩樂，夢想就越多。」

仙女傳達的訊息讓我有如置身五里霧中，就如同老人對我說的話一樣，都是團難解的謎。可是我還是領略出些許真髓——生命是一場遊戲，

生命唯一的目的就是玩樂。我還記住了一句對我似乎很重要的話——沒有遊戲，就沒有夢想。

這時候，我換個角度看待仙女放在我手中的小女孩服飾，立刻明白了自己該怎麼做。我想像自己並不是穿上這些衣服，而是讓它們滲入身體裡，然後——也許有點可笑，卻不無道理——我會再度變回孩提時的我。

於是我連忙除去身上的衣物，套上貼身襯衣，沒想到它們出奇地合身；接著穿洋裝，洋裝好像配合我身體的尺寸變大了；最後是那雙閃閃發亮的小漆皮鞋，它們也伸展開來，剛巧合腳，簡直就像在上演仙履奇緣。

終於，我一度失落的童年緊緊包覆住我的全身上下，胸口那份空虛感減輕了，一股想玩遊戲的慾望排山倒海而來。

〈第九章〉

夢想樂園

「做得好，伊佩蘭莎！」仙女歡欣鼓舞地大喊，「現在我們可以出發前往夢想樂園囉！」

「太好了！」我興奮莫名，因為夢想樂園聽起來像是個遊樂場，而且一定會很好玩。「走吧！」

我忽然覺得渾身上下活力十足，於是邁開步走走跳跳，向走道盡頭前進。

「妳上哪兒去啊？」仙女把我攔下來。

「哦！不是這個方向嗎？」我說著，一邊踮起漆皮鞋尖，來了個芭蕾式的急速旋轉。「好吧！那我們走吧！」

我朝著另一個方向走去。不出十公尺，就聽到背後傳來仙女的聲音。

「也不是那個方向。」

我轉過身來，一臉疑惑。

「可是，我不懂。這是一條走道，如果不是這一頭，就一定是另一頭，不是嗎？我是說，除非……」

「除非那個地方不存在這個世界上。」仙女笑著說道，一邊從身後拿出一本書來。

我傾身向前，看了看書的封面——《夢想樂園一遊》。

「伊佩蘭莎，我們移動的方式可以有很多種，而且並不一定都是從甲地到乙地。小孩子或是身心健康的成年人，就經常會藉由想像力遊走各地。這點妳應該很清楚才對呀！因為妳從小就很愛讀故事書。」

「妳怎麼知道？」

仙女自命不凡地看著我，然後，她又笑著說：「這是什麼問題！妳到現在還不相信我真的是神仙教母嗎？」我不想再多費唇舌，於是乾脆閉上嘴巴聽她說。

「夢想樂園在幻想世界裡，只有透過這本書才能去到那裡。這本書很特別，因為妳看！」她輕輕翻了幾頁，「裡面沒有字。這本書妳得邊讀邊

寫，換句話說，當妳遊歷夢想樂園、尋找失落的夢想時，妳就是在撰寫書本的內容。」

「但總得有條路吧！沒有嗎？應該有一條通道，旁邊立著指示牌，指引入口的方向。我想，大概就像所有的遊樂場一樣吧。妳別想要我！妳一定知道怎麼走！」

「伊佩蘭莎，這是屬於妳的道路，從來沒有任何人走過，我可以告訴妳該往哪兒走，但是我不會這麼做。對了！聽我這個經驗豐富的仙女一句，不要向妳認識的人問路，因為這樣妳很容易會迷失。」

這句話聽起來很矛盾，也像是一道謎語，或者是個矛盾的謎語。雖然那時候我還不了解她的意思，但我決定接受她的好意，把這句話記下來。

我也打定主意，從那一刻起，我要接受、記住所有發生在我身上、既神奇又難以理解的事件。

「那麼，」我說道，「我們該怎麼做？讀這本書嗎？」

「很好！伊佩蘭莎，妳說對了！」

說這話時，仙女在我身邊坐了下來，她翻開書本的第一頁對我說：

「數到三。一、二……三！」

然後，我們開始讀書。

〔第十章〕

霍克和彩色代幣

樂園入口是一座巨無霸霓虹燈拱門，上面裝飾了超大型藍色字體，寫著——夢想樂園。拱門旁邊有間小木屋，外觀粉刷得色彩繽紛、鮮豔奪目。木屋開了個小窗口，看起來像個售票亭。我們走向窗口，裡面有張小男孩的笑臉。小男孩口氣和善地說：

「歡迎來到夢想樂園！我的名字叫霍克，妳要有限票還是無限票？」

我不明白該如何回答這個問題，轉頭望著仙女，仙女也回望著我，看

來我得自己找答案。我又想起老人說過的話：「妳得自己幫自己。」在那個特別的時刻，幫助自己的最佳策略顯然是開口問問題。

「這兩種門票有什麼差別呢？」

「妳可以用無限票入園，可是妳絕不可能把園區裡所有的設施玩透透。換句話說，妳可以一輩子活在夢裡。」男孩開心地解釋著。「不過，如果妳拿有限票，顧名思義，妳可以在特定時段內使用園區部分設施。也就是說，妳不能夠永遠活在夢裡，可是妳有機會找到自己的夢想，讓妳的人生有夢。」

聽起來頗像「失落靈魂招領處」裡的人最喜愛的那種啞謎。不過，仔細想想之後，我領悟到一件很重要的事——如果我選擇了無限票，那麼

我未來的人生中都不會有憂愁，但只侷限在一個虛幻的世界裡，我的夢想在那裡面無足輕重；相反地，如果我選擇有限票，我將會活在真實的世界裡，也就是我得經歷一些難受、痛苦的時刻，可是我的夢想卻很重要。

「有限票。」我的語氣很堅定。

「聰明的抉擇！」霍克大聲說，「喏，妳的票。」

他從窗口遞給我一把彩色代幣，大小跟大一點的錢幣一樣，像是人們用來玩碰碰車的那種。

「可是這不是一張票。」我抱怨道。

「就看妳怎麼看待它，某些東西可不像表面上看來那樣，而有些東西卻正是表面上看起來不像的那樣。」

「可以麻煩你解釋一下嗎？」我已經被這些文字遊戲搞煩了。

「當然可以。有些票根本沒有辦法帶妳走進自己的內心，雖然每個人都認為那些就是門票；相對地，有些看起來微不足道的東西，才真正是通往妳內在世界的大道。」

我仍然不是很清楚他這番話的意旨，所以我決定再問個問題。

「那我可以用這……」我迅速數了一下，「七個彩色代幣來做什麼？」

「每一個代幣可以使用一項遊樂設施，或者說，一個夢。記得選擇妳自己想要使用的顏色。可是，挑選顏色的時候，妳一定得憑直覺。只要妳做到了，我保證妳不會出錯。」

「好吧，可是我來這裡是為了找回我的夢想。我該怎麼做呢？」

「每使用一項設施，妳都會有所體悟，或者妳會想要提出疑問，或者直接傳遞某個想法到妳的心裡。妳得用心，要時時留意自己的感覺。只要妳有新的領悟，或答出一個問題，妳就可以找回一個顏色，就是妳拿出去的代幣的顏色。等妳找回代幣上所有的顏色，妳就可以找回妳的夢想。」

「可是我不懂，如果我得交出一個顏色才能使用設施，那我就失去那個顏色了，不是嗎？」

「大錯特錯！不過我可以理解，畢竟自私主宰了整個世界。事實正好相反，我們只擁有我們付出的東西。」

「好吧。」我急於結束這段談話，因為男孩的話已經說服了我，「我要怎麼知道我的顏色是不是找回來了？」

「只要看看妳的洋裝就知道了，妳失去的顏色都會回來，最後會組成妳的夢想。」

我看了看洋裝上的圖案，上面有一些黑色線條的同心圓。我靈機一動，數了數那些圓圈，沒錯，果然有七個，剛好跟顏色的數目一樣。

我知道我可以開始了，於是我把代幣抓在手裡，轉過身，準備離去。我才邁開腳步，霍克就把我叫住。

「妳是不是忘了什麼？」

「我不知道。」我轉過頭，「我不懂你的意思。」

「妳還沒付費。」

「喔……」

我低下頭摸摸看洋裝有沒有口袋，心裡期盼著換衣服的時候有個什麼咒語把我的信用卡和錢變到我的新衣服裡。可是洋裝沒有口袋，更別提信用卡或硬幣。

我看看仙女，希望她就算不幫忙，至少給點建議，可是她只是咧著鮮紅的雙唇，笑了起來。

「夢想樂園的門票不能用錢買。」霍克說道。

「不能用錢？那我要用什麼買？」

「妳可以用承諾買，但必須是發自內心的承諾。」

「啊？」

「來吧！把手放在胸口，然後說：『我承諾……』。」

我依照霍克的指示做了，但也就這樣，因為我不知道該做什麼承諾。

我決定再發問。

「你想要我做什麼承諾？」

「嗯，比方說，妳願意把夢想找回來，也願意幫助其他人找到夢想。」

這個點子聽起來很不錯，我知道外面有很多人也失去了夢想，還在四處尋找著。於是——我的右手還擺在胸前——我說道：

「霍克，我向你承諾，如果我在夢想樂園找回我的夢想，將來我會幫助別人找到他們的夢想，或者，我應該說我會幫他們幫助自己找到夢想。」

霍克和仙女臉上的微笑代表交易成功。

〈第十一章〉

雲霄飛車

我和仙女一起走向夢想樂園的入口，當我走到霓虹燈拱門的時候，忽然心生畏懼，不自覺地向後退了一步。

「怎麼了？」仙女問道。

「我不想進去。」我回答，「我會怕。」

「這是正常反應，伊佩蘭莎。每個人都害怕面對內心的空虛，而妳現在就是在面對它。對了，這表示妳很有勇氣。」

她停頓了一會兒，兩眼盯著我瞧，就像看著一個受驚嚇的小孩。

「這樣吧，如果妳覺得自己還沒準備好，那就不要進去，不過我可以告訴妳一件事，也許能幫妳做決定。當妳把夢想找回來，恐懼就會消失，用夢想來驅逐恐懼可是非常有效的。還有，如果妳想離開夢想樂園，只要把書本闔上就行了，就這麼簡單。」

「妳會跟我一起去嗎？」

「妳要我陪妳去嗎？」

「要，拜託妳！」

「好吧，不過妳要記住，我只有在妳快要跌倒的時候才會拉妳一把。這是妳的旅程，而且妳得自己回答自己的問題。」

我答應了，然後拉起仙女的手，一起走進夢想樂園。

夢想樂園的中央大道很寬敞，鋪有鵝卵石，路的兩旁有些小攤子，許多穿著童裝的成年人在那裡閒逛。在我前方大約一百公尺的地方有一列雲霄飛車急速衝刺著。我想起自己小時候很喜歡雲霄飛車，尤其喜歡那種很確定——嗯，幾乎可以確定——不會出事的情況下，放膽讓自己往前飛馳的感覺。

當我們靠近的時候，我聽到車廂在軌道上煞住的聲音，我體驗到一種過去曾經有過的愉快心情，於是我讓自己沈浸在那種歡樂的氣氛裡。我開心笑著，拉著仙女坐進其中一節車廂，我們坐定以後，一個蓄著跟超現實畫派大師薩爾瓦多・達利一樣尖翹鬍子的男子走了過來，把手伸在我面前。

「妳得給他一個代幣。」仙女說。我毫不考慮地挑了一個顏色。

我依照仙女的指示，給了那人紫色的代幣，然後把其他的代幣捏在手心裡，用另一隻手緊緊抓住安全扶手。

雲霄飛車很快動了起來，沿著軌道緩緩爬上陡峭的斜坡。等我們到達最頂點，列車改變了方向，而且加快了速度，開始朝著看起來讓人頭暈目眩的斜坡向下俯衝，不時出其不意地轉個彎，害我撞上仙女柔軟的身體，仙女倒是笑開懷，跟著我一起大吼大叫。

我們玩得頭昏眼花，幾乎喊破喉嚨。可是，經過了一段時間，我發現到雲霄飛車還是不停地上飆下衝，這一趟似乎也太久了，而且列車經過起

點的時候並沒有減慢速度，反而愈跑愈快。我開始感到害怕，這下子頭真的暈了。我想轉過頭去看仙女，可是她的頭髮被風吹得猛力打在我臉上，把我打痛了。我不知道該怎麼辦，只好大聲尖叫，希望遊樂園裡有人會聽到我的聲音，幫忙把列車停下來。可是我的聲音淹沒在雲霄飛車的噪音裡，就算傳了出去，別人也只會以為我是興奮地大叫。

我萬分沮喪，運用我僅剩的那一丁點兒清醒的意識，暗自尋思著。我覺得自己又錯了，我認為我選錯了遊樂設施，我再一次做了錯誤的決定。或許，我的人生此刻正被某個遙遠、黑暗的機械房操控著，在那個地方事情不受控制，我無法改變雲霄飛車的方向以及速度。終於，我覺得我除了屈服之外別無選擇，我無力抵抗，全身鬆軟，或許我們兩個人會飛出車

廂，撞擊地面，身體栽在水泥地上粉身碎骨。就在那個時候，我聽到仙女的聲音，很微弱，彷彿她坐在幾公里以外，而不是在我身邊。

「一切由妳掌控！」她說了再說，「一切由妳掌控！」

就像面對死亡的最後關頭，在我的身體被甩向藍天之前，我用最後一點僅存的意志力想著：「我要停下來。」就在那一瞬間，雲霄飛車突然靜止不動。

所有的噪音也突然全都消失了，金屬輪子滾在軌道上的聲音、樂園裡面的吵雜聲……就連人們談話的聲音也不見了。我置身在一段圓弧軌道的頂端，彷彿掛在半空中。我向下望著眼前這一幕靜謐無聲的景象，心裡充滿寧靜，我已經很久不曾有過這種感覺了。換句話說，我領悟到自己只是純粹地活著，這種體驗很有復原力，在生命中不可或缺。

我靜默了一會兒，一開始還擔心會有另一列車廂從後面駛來，撞上我們。不過我忽然想到這是我自己的雲霄飛車，沒有其他人在搭乘。事實上，就像得到了某種天啟，我領悟到每個人都有自己的雲霄飛車，可以隨時決定要往前走，或是停在軌道上，甚至可以改變軌道的造型或方向，也就是說，可以創造自己的軌道。

仙女還坐在我的身旁，我轉過頭去，看到她正用那塗著鮮紅唇膏的笑臉看著我。她開口說話了，彷彿我們一直在聊著天似的。

「偶而我們都會覺得需要暫停一下，只是為了感受自己的存在，體驗生命的單純。我們不為任何事物而活，也不為任何人而活，我們就只是活著。如果這些時候我們不停下腳步，我們的身體也不會自動停下來。記住，有時候妳必須停下腳步，重新找到內心的平靜，也就是單純的存在的喜悅。」

「可是，」我回答，我想起了在現實世界裡我還有一家陷入困境的書店，「我不能停下來，如果我停下來，我會失去一切。」

「妳當然可以停下來，剛才妳不就停下來了？」

「沒錯！可是這不是真的。」

「噢，這是真的！話說回來，妳剛才說停下來就會失去一切？妳錯了，事實正好相反，如果妳不停下來，妳可能會失去某些非常重要的東西，比如說身邊愛妳的人的感情，妳甚至可能會迷失自己。」

我思忖一番，衡量著仙女最後的那番話，聽起來很符合我的情況。

「伊佩蘭莎，」仙女接著說，「有些時候局勢不是我們所能掌控，像是戰爭和災難，甚至像疾病和意外事故。除了這些，我們通常可以決定自己的步伐要走多快，決定自己要往哪個方向去。有時候事情表面上看起來不可能做得到，可是只要動手去做，妳會發現其實並非不可能。妳剛剛不就證明了？妳決定要為生命的遊戲設限，妳決定什麼時候停止，什麼時候啟動，妳還決定了前進的速度。」

我想仙女說得有理，說到底，一個簡單的念頭就可以讓雲霄飛車停下來。於是我決定繼續練習。我深吸了一口氣，品味當下的寧靜。然後我在心裡對雲霄飛車——我的雲霄飛車——下達一個繼續往前行駛的指令，不

過這次速度要中等，要不慌不忙，不要暈頭轉向，以免妨礙我享受搭乘的樂趣。

雲霄飛車安穩地繞了幾個彎，平和緩慢地走過幾個下坡路段，我們再度抵達了起點。那位蓄著達利式翹鬍子的管理員拉起安全柵門，扶我走下車廂。然後，他笑著指了指我胸前出現的那道美麗的紫色圓弧，像是有人用畫筆把它刷在我的白色洋裝上。

〔第十二章〕

魔幻偶形館

「很好，妳已經找回一部分失落的夢想了！」仙女說道，「接著想上哪兒去？」

我在雲霄飛車上轉得頭昏眼花，這會兒還覺得有點發暈，所以打算找個比較不刺激的設施。我四處望了望，瞧見前方幾公尺開外有個敞開著的門，門上的招牌寫著「魔幻偶形館」。看來正符合我的需求，於是我抓起仙女的手，拉著她一起走進那道門。

我們進了門，發現翹鬍子站在我們的右手邊。不過，也可能只是那人的雙胞胎兄弟，因為他似乎不太可能同時出現在兩座不同的遊樂設施裡。那人對我伸出手來。我攤開手掌，把映入眼簾的第一枚代幣遞給了他，那是個靛色的代幣。

我們沿著通道向前走，看到了幾個動態模型，像是小型的旋轉木馬和摩天輪等等。再往前走一段，可以看見一個十分古老破舊的模型，它看上去彷彿已經有一百年以上的歷史。那是一個小雪橇，正以蝸牛的速度慢吞吞地行駛在穿越雪地的軌道上。一開始我覺得小雪橇還挺新鮮有趣，可是過不了多久就感到枯燥乏味，一方面是因為它的速度著實慢得離譜，另方面則是因為它只是依循著固定的軌道，來來回回繞個不停。

緊接著，我們眼前出現幾座開放式展示櫃，櫃子裡鋪有紅色天鵝絨。每一座展示櫃裡都擺著一尊用木頭和布料製成的機械偶形，只消按個鈕，木偶就會活動起來。第一座展示櫃裡擺的是真人尺寸的算命師，不過只有上半身，乍看之下像是坐在桌子後面。我按了鈕，算命師人偶的眼球在眼窩裡骨碌碌地打起轉來，雙手的動作像是在洗牌。下一個機械偶是一隻套著夾克、繫了領結的猴子。我按下電鈕，猴子也動了，它脫去圓頂禮帽，向我點了點它那毛茸茸的頭表示問候。

這些機械偶形看得我惶惶不安，它們機械式的動作彷彿透著一絲邪氣，勾起我心底某種深沈的、模糊難辨的莫名恐懼。於是我加快腳步，希望儘快結束那一段歷程，離開那個地方。等我繞著偶形屋走完一圈，即將

回到門口時，我的兩隻腳卻突然不聽使喚，定在原地，因為我的眼角瞥見了一個立在小小基座上的機械人偶。那是一尊真人大小的女性全身偶形，穿著打扮跟其他偶形大不相同，她穿的是現代服飾——一件黑色夾克。那張臉竟然跟我一模一樣，逼真得嚇人。

我站在原地動彈不得，感覺一陣顫慄流竄過全身上下。我想我大概不自覺地使勁捏了仙女的手，因為她尖叫一聲，甩開了我的手。仙女的視線穿過她火紅的髮絲緊盯著我，她說：

「妳不打算試試那個按鈕，看看妳的機械人偶會做什麼動作嗎？」

「我一定得試嗎？」我用顫抖的聲音答道。

「這就是妳來到夢想樂園的目的，不是嗎？」

她說得沒錯。我承諾要找回破碎的夢想，把它們重新組合起來，因此絕不能半途而廢。於是我按下了電鈕，那個機械人偶——應該說是我的動態模型——從基座上低下頭來望著我，然後用相似於我的機械聲音說道：

「小伊佩蘭莎，我把自己變成了機械人偶，因為我遺忘了我最珍貴的夢想。一天又一天，我把夢想埋藏在層層疊疊的虛假幻夢底下。現在妳只要回答一個問題，就能夠幫我把它們找回來。問題很簡單，但也很不容易回答，妳願意幫我嗎？」

我點了點頭，靜靜等著。機器人的胸腔鼓脹了起來，像是吸入了一口氣，雖然那根本就不可能。然後她問了這個問題：

「妳渴望什麼？」

這五個字，還有那個問號，像飛鏢一樣射穿我的前額，帶來一陣椎心刺骨的劇烈痛楚。我趕緊用心思考，想搜尋出一個讓我能夠理解這種劇烈疼痛的答案。我努力回想著自己為什麼去到那裡，腦海裡最先閃過的念頭是書店。於是我答道：

「我要我的書店順利成功。」

機械人偶的頭部向左右兩側搖著，屋子裡某處則傳出一陣哀嚎的合唱聲：「嗚……哦……」

我兩側太陽穴感受到的壓力逐漸增強。因此我火速展開另一回合的搜尋，相信只要找到正確答案，劇痛就會消失。我想起老人所說，關於我失落的夢想的那些話，我抬起頭來答道：

「我要找回夢想。」

我的機器人再度堅定而緩慢地搖搖頭，我又一次聽到屋子裡迴盪著震天價響的哀悼合聲。

我迷惘了，轉頭望著仙女，懇求她伸出援手，就算只幫一點小忙也好，好讓我擺脫那種突來的劇痛。我的神仙教母把手放在我的背上，我的情緒因此稍稍平穩下來，她說道：

「妳得往內心更深處探索，伊佩蘭莎。」

我依照仙女的建議，閉上眼睛反觀內心，深入探索，找尋一個初始的意念。那其實很簡單，無庸置疑地那一定就是正確答案，我大聲說道：

「我要快樂。」

然而，事情並不如我的預期，我的機械人偶又搖頭了。每回她一搖頭，我就會聽到那些不知從何而來、震耳欲聾的聲音，哀嚎著：「嗚……哦……」我的太陽穴則會應聲緊縮，那股痛楚也隨之擴散開來，加深加劇。

我感覺自己就快要窒息了，就像幾分鐘前在雲霄飛車上一樣，我想我很可能會暈倒在魔幻偶形屋的拼花地板上。

我幾近絕望地看著仙女，她始終帶著微笑，彷彿一丁點兒都不在乎我的苦楚，彷彿我的痛苦有其必要，而且不會持續太久，然後她說：

「快樂不是目標，它只是一種狀態，妳還得再往更深層去探索。唯有聯繫上妳最原始的渴求，妳才能夠體察出妳生命中最重要的志向。唯有向

最深層的渴望探詢，妳的夢想雛形才得以展現。」

我急於尋找答案，卻又不知從何處著手，飽受焦慮與痛苦的折磨。我雙手抱頭，撫摸著我的栗色捲髮、眼皮、顫抖的雙唇，以及下巴。

我繼續往下撫摸我的頸子、肩膀，當我的雙手抵達胸前，腦海裡突然湧現一抹回憶，它以一句話呈現出來：「我要愛人，也要被愛。」

那一刻，我想起了一件陳年舊事。很久很久以前，大概八歲的時候，我曾經做了一個決定。那時我許了一個很重要的願望，可是隨著時間的流逝，記憶漸被磨滅。而現在它回來了，既清晰又強烈。

我睜大雙眼，大聲喊了出來：「我要愛人，也要被愛！」

就在那時，我的機械人偶有了生命，她走下基座，溫柔地擁抱著我。

從那一刻起，我了解到我們需要細心呵護內心最深層、最原始的願望，當它們被虛假的慾求埋葬時，我們得把它們拯救出來。

我不曉得事情是怎麼發生的，可是我的機械人偶彷彿融化在那個擁抱裡，從我的臂彎裡消失了。取而代之的是一道燦爛的靛色圓弧出現在我胸前，就在紫色的上方。

〔第十三章〕

哈哈鏡

我兩邊額角的痛楚突然間消失得無影無蹤。我拉起仙女的手，拖著她走向另一項遊樂設施。我一點都不需要為如何選擇而傷神，因為我們一踏出魔幻偶形屋，迎面就出現了另一道門，門上的大招牌寫著：「哈哈鏡樂無窮」

還記得小時候，那些凹凸鏡面裡所呈現出的影像總是逗得我哈哈大笑，對當時的我來說，那簡直就是魔法，能夠讓我看到自己臃腫肥胖或纖

瘦苗條的模樣。於是我毫不遲疑地走進那道門。

我們才進門，就看到一張高高的圓桌，上面鋪著桌墊。我猜想那位翹鬍子管理員本來應該是在這裡，因為桌墊上有一塊牌子，上頭寫著：

「將紅色代幣放置此處」

底下還有個圖案，看來像是簽名檔：

桌上的留言讓我很驚訝，霍克告訴我每玩一項設施就得交出一枚代幣，可是他也說了，我可以自由選擇代幣的顏色。霍克要我跟著直覺走，而當時我的直覺並不想使用紅色代幣。不過，那道命令十分直截了當，於是我乖乖照辦了，把紅色代幣放在幾乎跟我一般高的圓桌上，然後往裡面走去。

那間屋子內部比我家的用餐室稍微大一些，狹長形的空間，牆壁漆成黑色，牆面上空無一物。唯一一面掛有物品的牆壁是在屋子盡頭處，那兒有五面大鏡子，每面鏡子底下都有簡單的標示。仙女放開我的手，然後她雙手一揮就把我送到大鏡子前。

我決定從最左邊那面鏡子開始，鏡子裡呈現出一個奇胖無比的小女孩，頭、身軀、腿都不成比例地橫向擴展。我笑了，看到鏡子底下的標示寫著：「胖胖鏡」。

接著我站到下一面鏡子前，看到自己往上下延伸，活像根麵條。底下的標示寫著：「瘦瘦鏡」。

在下一面鏡子裡，我看起來就像個侏儒，像個二到三歲的孩子，卻有

著成年人的臉孔。或者，換個角度看，則像個被魔咒縮小的成年人。底下的標示是：「矮個兒鏡」。

我走向下一面鏡子，鏡子裡出現一個巨人，彷彿《格列佛遊記》裡的巨人們住在鏡子的另一邊，而我跟他們是同一國似的。巨大影像底下的標示寫著：「高個兒鏡」。

最後，我來到最右邊那面鏡子前，鏡子裡的我看起來跟第一面鏡子裡一樣胖，跟第三面鏡子裡的我一樣小，因此看起來是加倍的扭曲，我笑得很開懷。可是，當我看到底下的標示時，臉上的笑容剎時凍結：「正常鏡，這就是妳」。

原本我當它是個玩笑，旋即又發現那一點都不合邏輯，因為當我造訪

夢想樂園時，撰寫那一切經歷的人正是我自己，莫非我在開自己的玩笑？然而我其實完全沒有這種念頭。

我猜想一定有什麼地方出錯了。我認為，依照之前的思考邏輯，既然是我在描寫自己的故事，那麼我可能在擺放標示時出了差錯，既然如此，我應該可以回過頭去修正錯誤。於是我先站到一旁，等候了片刻，再重新站回第五面鏡子前。可是鏡子裡的影像依舊沒變，極短又極寬，極度的扭曲變形。而鏡子底下的標示仍舊寫著：「正常鏡，這就是妳」。

我想不出任何合理的解釋，最後只好相信眼前的影像就是我的真實面貌。換句話說，我其實既胖又矮，而不是過去自認的那個身材比例適度合宜的女性。

這個念頭讓我很沮喪，我轉過身，朝著在等候著我的仙女走過去。

「怎麼啦？看哈哈鏡不開心嗎？」

「剛開始是很開心，可是後來我看到自己的真實面貌。為什麼我長得像個怪物，跟大家不一樣？」

「誰說妳長得像怪物？」

「那邊那個鏡子。」

「一面小小的鏡子告訴妳，妳是什麼樣子？」

仙女的質疑點醒了我，我頓時領悟到自己的問題出在哪裡——我輕易聽從別人的話語，而不是遵循自己的直覺。

我揚起下巴，意志堅定地走向門口。到了那裡，我從桌上拿起我的紅

色代幣，把它和其他的代幣一起捏在手心裡，再把藍色代幣留下。藍色才是我想用的顏色。

然後我快步跑回第五面鏡子前，看著鏡中的自己，一如預期，鏡子裡的影像比例正常，正是我所認識的自己。

我笑了。當我看到鏡子底下出現的新標示——了解自己。不要讓別人來告訴妳，妳是什麼模樣，或妳的夢想該是如何——時，我笑得更開心了。

我把目光從標示往上移，看到洋裝前兜出現了一彎閃閃動人的藍色半圓。

〔第十四章〕

接納

「事情進行得很順利喔！」仙女讚嘆道。我們重新回到了街上，到處都是裝扮成小男孩和小女孩模樣的成年人，身邊也都有年長的仙子仙女陪伴著（我猜那些都是神仙教母和神仙教父）。

「就是啊！」我深表贊同，「我已經找回了三片失落的夢想：平靜、內心深處的夢想、了解自我。下一個會是什麼呢？」

「看妳自己。接下來妳想上哪兒去？」

我放眼望去，看到遠處有座炫目華麗的旋轉木馬，即使距離相當遙遠，木馬頸背上金色鬃毛發出的光芒依舊清晰可見。看來那應是最佳的選擇，因此我和仙女手拉手一同漫步過去。

走著走著，仙女問我：

「妳從哈哈鏡學到了什麼？」

我尋思片刻，然後答道：

「嗯，我了解到我必須隨時隨地做自己，不管別人怎麼看我。」

「很好！還有呢？」

「那就是我得更透徹地、更真誠地了解自己，不要愚弄自己。唯有如此，當我看到別人眼中扭曲的我時，才能保持冷靜、堅強以對。」

「非常好！」仙女誇獎我，「可以容許我在這個重要的學習心得裡加入一點看法嗎？」

「當然可以。」

「那好。妳應該會發現一件很重要的事，就是在了解自己的過程中，妳開始接納自己。我是說，單單辨識和思考妳有什麼潛能是不夠的，妳還要相信妳有那些潛能，並發揮、運用那些潛能來實現妳的渴望。」

「但我已經這麼做啦……」

「沒錯，可是或許有些時候妳忽略了自己的天賦，沒有妥善運用它們，或者去做些不符合妳天賦潛能或內在需求的事情，以致漸漸失去那些能力。」

我突然想到了我的書店，想到過去我原本在櫃台服務顧客，後來因為書店業務變得繁忙，我只好退居幕後，專心管理業務。按照仙女的說法，我不該把自己關在辦公室裡填寫報表，而應該走出來面對顧客，因為那才是我真正擅長的事。我在心裡默默記住這個想法，決定等離開「失落靈魂招領處」之後，要往這個方向去做改變。

「不過，」我遲疑了片刻，「一旦我接納了自己的天賦，不就表示我得接納自己的缺點？」

「妳所謂的『缺點』也許不盡然是缺點。就算是，妳也有能力去修正它。大多數人總以為自己已經定型，不會改變了。我老是聽人說：『人不會改變』或者說：『我太老了，改變不了。』這些想法其實都錯了。只要

有心，人隨時可以有所改變。天底下沒有什麼是一成不變的。其實啊，宇宙所有的事物都是與時俱變的。」

仙女所說的最後幾句話聽在我耳裡像是惱人的蒼蠅，很快就被我驅走。仙女換了個話題，接著說道：

「我們最好能運用精力來了解、增強自己的潛能，而不是浪費在探討妳所謂的缺點。妳跟絕大多數人一樣，有很多潛能。妳必須認清自己的才能，賦予它們發揮的空間。最重要的是，妳不能夠相信被扭曲或被限制了的自我形象。妳要學會接納妳自己，並且接納自己的無限潛能。」

仙女這番話說得肯切又合理，可是，成年的伊佩蘭莎在最近這段日子以來的生活，讓我的內心蒙上些許陰影，像是冥頑不靈的雲層，頑固地拒

絕被驕陽的光線穿透。其中一朵固執的雲名就叫「現實」。

「可是仙女，」我堅持己見，「有時候現實很難纏，不管你如何奮力掙扎，也改變不了什麼。」

「我不否認現實的確存在，有時候它也的確很不友善，常讓我們事與願違。而且，除非我們能夠理性地對自己和他人都負起責任，否則，和現實背道而馳只會讓我們寸步難行。因此，我不否認我們必須認清並接受現實。我們隨時隨地都要接受當下的境況。可是，我們卻不應該認命地向現實屈服。要審慎衡量現實條件，接受妳的現況，但不要把現實看成是無可奈何的束縛，要把它視為恆常變動的事物。當妳不喜歡自己的處境，當妳的願望橫遭阻絕，當妳覺得受到否定或面臨不公平待遇時，永遠不要斷絕

改變的意圖。」

仙女停下了腳步，我也只好跟著停下來。她彎下腰，緊盯著我的雙眼說道：

「小丫頭，妳聽仔細了，這點很重要。不管現在或未來——萬一妳將來又把夢想搞丟了——如果妳要把夢想找回來，就永遠不要對任何事認命。接受和認命完全是兩回事。有時候妳會聽到人們說：『我已經盡力了，我別無選擇。』有時候這也許是真的，有時候生命會把我們逼進死胡同，可是很多時候我們只是拿認命當藉口，不再關注自己的夢想，不再追求自己真正期盼的人生。」

仙女深深吸了一口氣，她的胸膛膨脹了起來，把那襲跟她神仙教母身分極不搭襯的紅色連衣裙繃得緊緊的，她接著說：

「大多數人走到人生中的某個階段時，會停止聆聽自己內心真正的渴望，用一些恐怖的配角取而代之，譬如責任、認命、盲從，或者更糟糕的——純粹的逃避。逃避最令人惋惜，因為逃避現實注定要失敗，而付出的代價往往都是自己的人生。伊佩蘭莎，千萬不要這麼做，因為那會讓妳失去賦予妳以及妳生命意義的東西，那就是希望。」

仙女說完這番話，再度牽起我的手繼續往前走，我倆就此保持沈默，直到抵達旋轉木馬。

〔第十五章〕

旋轉木馬

我縱身躍上一匹有著金色鬃毛的白馬，仙女則是手腳並用，掙扎著、吃力地爬上一隻超大唐老鴨，整個畫面看上去著實逗趣——穿著華麗晚宴裝的神仙教母，跨坐在頭戴水手帽的巨大鴨子背上。我們互相打量著對方，開懷大笑起來。旋轉木馬很快就啟動了。

旋轉木馬還轉不到一圈，那位蓄著達利式尖翹鬍的男子出現在我身邊，伸出手來索討一枚彩色代幣，我看了看手中剩餘的代幣——綠色、黃

色、橙色、紅色，當下，我憑著直覺選了綠色。那人拿走了代幣，投入懸掛在腰間的一隻小帆布袋裡，然後轉身跳下旋轉台。

我扶住固定著木馬的長杆，放鬆心情讓旋轉木馬以穩定的節奏帶著我遊走。木馬隨著底座旋轉，速度很和緩，方便我細細觀賞周邊的景物。我看到了我們走過的那些地方，望見遠處的雲霄飛車，也瞧見一大群成年孩子和仙子仙女們流連在露天商場區，那裡設置了一些典型的遊樂園攤商，像是射擊場、抽獎攤、彈跳網等等。就在我們繞完一圈的時候，遠方一片綠地映入眼簾，綠地四周設有圍籬，圍籬盡處有一條小徑可以通到旋轉木馬。

剛開始的幾圈還算舒適有趣，但是過不了多久我開始心神恍惚，倒

不是感到昏昏欲睡，而是覺得單調乏味至極，一股壓抑不住的厭煩感油然而生。旋轉木馬上那些馬匹、小車，以及各種不同的動物造型一一現出原形，都只不過是上了漆的木頭雕塑。

我轉頭看看仙女，她可不像我，她笑得正開懷，一副樂在其中的模樣，我對她說：

「我覺得很無聊！我們不能換別的玩嗎？」

「伊佩蘭莎，妳付了一枚代幣，如果妳現在離開這裡，妳就沒辦法找回夢想裡面的綠色囉！」

「哎唷！」我抱怨道，「那我必須在這裡等著事情發生嗎？當然，這旋轉木馬上可真是……」

「伊佩蘭莎，事情不會自己發生，妳要採取主動。如果妳只是任由自己日復一日過著平平淡淡、大同小異的日子，最終妳就只會年復一年過得平平淡淡、大同小異。」

「妳的意思是說我得改變現況？」

「正是。」

「可是要怎麼做呢？旋轉木馬就是旋轉木馬，它永遠以同樣的速度、朝著同樣的方向前進，打從盤古開天闢地以來就是如此。誰也沒有辦法阻止地球繞著它的軸心旋轉，不是嗎？」

「那是當然的，但妳可以發揮一點想像力呀。」

「哦，說得也是！」我恍然大悟，「我的想像力……」

我相信我的想像力真的能夠帶我離開那裡，於是閉我上雙眼，開始幻想自己身在他處。譬如在一處無人的沙灘，沙灘上到處都是貝殼，平靜的海浪一波波湧上沙灘。我讓自己停留在那個場景很長一段時間，想像自己在沙地上堆砌著城堡和要塞，直到一道巨浪吞沒了我和我的沙堡，砰地一聲把我扔回木馬上，就像從惡夢中醒來一般。

仙女依舊坐在我身旁，依舊笑逐顏開，彷彿旋轉木馬繞行的每一圈都是全新的體驗，彷彿沒有什麼事比坐在那隻巨鴨的背上繞圈圈更有意思、更令人興奮的了。仙女的眼角瞅著我說道：

「嘿，妳醒過來了嗎？」

「我沒有睡著。」我答道，「我只是遵照妳的指示，發揮了一點想像

力，想辦法從這個無聊的繞圈圈遊戲脫身。」

「咦？我可沒那樣說。」

「妳就是那樣說的！」

「不對。剛才妳只是運用想像力來逃離這裡，而不是用來達成妳的目標。自然而然地，妳就睡著了。因為當人們想要逃避，不肯認真生活的時候，就會進入睡夢中。」

「那麼我究竟該怎麼做？」

「再試一次。不過這次妳要想像著自己所要達成的任務。換一種說法就是觀想妳的目標，也許妳比較習慣這種現代的時髦用語。如果要讓自己的想望成真，妳最先要做的就是許下心願，接著還要想像妳期待的事情真

的發生了。事實上，想像會讓妳的願望開始成形。」

我再度閉上眼，專注地想像著我的目標：我要綠色圓弧出現在洋裝上，我要找回我的夢想，還要擺脫胸口那股揮之不去的空虛感。首先，我想像自己騎著的是一匹活生生的馬兒。突然間，我驚訝地發現自己果真跨坐在一匹有著金色鬃毛的白馬背上，馬兒不安地跳躍走動著。我輕輕撫摸白馬的頸子，平穩它的情緒。那時我看見旋轉木馬還在那兒轉呀轉的，而我已經身在其外，仙女在裡面愉快地向我揮著手，她的巨鴨則像機械人走路似的，一高一低往前轉去。

我舉目四顧，把先前瞥見的那處綠地想像成一片樹木蓊鬱的森林，樹枝上纍纍結著一種獨特的果實。那是一種光彩奪目、狀似貝果麵包的綠色

水果。我無法克制想將那水果咬上一口的慾望，便毫不遲疑地騎著白馬向那片綠地疾馳而去。

我沿著一條黃土路全速前進，被我的慾望和想像力鞭策著，賣力向前馳騁，盡情享受清新的空氣，任由微風吹拂過我的捲髮和白馬的金色鬃毛。可是，當我們走到了路的盡頭，來到一片綠草地時，眼前出現了障礙，一道木造圍籬。圍籬看起來並不太高，我策馬一躍，輕鬆地就跳到了另一頭。

再往前走幾公尺，眼前突然又憑空出現一道屏障。那是一面石砌的圍牆，比剛才的圍籬高了些，大約有成年人的高度。我探頭瞥了瞥圍牆的另一邊，那棵綠樹吸引我再度嘗試跳過圍牆。我快馬加鞭，在距離圍牆幾公

尺的地方一躍而起，我和我的坐騎成功跳到石牆的另一頭，安全落地。白馬的腳蹄底部擦過石牆頂端，驚險萬分。

白馬再度向前急奔，當我們慢慢接近那棵樹時，我發現自己的心跳也跟著加速了。等到我們距離綠樹只有三十公尺時，又有另一道障礙物出現在眼前，是約莫一層樓高的鐵絲網，就像那些圍在監獄或集中營外的金屬圍籬一樣。

我把剩下的三枚彩色代幣牢牢抓在左手掌心裡，鼓起全身所有的力量向前衝刺，結果我們在鐵絲網前緊急停住腳步，險些迎頭撞了上去。我帶著馬兒向後退了幾步，抬起頭往上看，評估跨越這道龐然障礙物的可能性。我發現那根本就是不可能的任務，就算是全世界速度最快、爆發力最

強的寶馬，也沒辦法帶我跳到圍籬的另一邊。透過鐵絲網的菱形網眼，我看到了那棵結著我深切渴望的綠色果實的樹木。

我相信矗立在眼前的是一道無法跨越的障礙，就連我的想像力也難越雷池一步。於是我只好緩緩拉起繮繩，認命地掉轉頭，朝著旋轉木馬前進。可是，當我最後一次回頭眺望那棵樹，看著圍繞著它的那道令人為之卻步的金屬屏障時，腦中浮現出仙女不久前才跟我說過的話：「接受不等於認命，永遠不要屈從。」

那時的我沮喪無比，腦海卻倏地閃過一個念頭：「有堡壘必有通道」。在這股信念的引導下，我踢了踢馬腹，策馬快步往回跑，沿著鐵絲網繞行，尋找可以通行的出入口。

我們繞了一整圈後，眼前的鐵絲網突然出現一個巨大的缺口，就像敞開著的大門，看來那道門始終都在那裡，只是當時的我被挫折所蒙蔽，以致渾然不覺。

於是我騎著我的雪白坐騎進入那道門，直奔那棵長著獨特果實的樹木，我從樹上摘下一個鮮豔欲滴的綠色脆果。我根本不需要低頭查看胸前的圖案，它一出現我馬上就感覺到了，就在紫色、靛色和藍色的上方，多了一彎美味可口的綠色圓弧。

〔第十六章〕

人生的交叉口

我騎著白馬回到原地時，旋轉木馬已停止運轉，仙女正等著我一同踏上追尋夢想的旅程。

「做得太好了，伊佩蘭莎！」仙女開心地大聲叫道，「像那樣運用妳的想像力就對了！」

「我猜妳是在說跨越那些障礙，是嗎？」

「沒錯，但是不僅僅止於此。妳善用想像力，讓它帶領妳達成願望，

而在此同時，妳依舊是認真地活在當下。想像力支撐著我們的夢想，但想像力和夢想一樣，都不能拿來充當逃離現實的手段或藉口。相反地，妳應該借助想像力，更積極用心地品味當下，唯有如此，當下的每一刻才能變得更加充實、更加豐足。想像力必須用來改變現狀，而非逃避現實，這樣才算運用得當。只要妥善運用想像力，妳就能夠活在夢想裡，會感覺夢想已經掌握在妳手中，而不是懸掛在通往未來的危橋上。」

我在心中默默記下這些蘊藏智慧的話語，迫不及待想要繼續探索身邊的一切。旋轉木馬在我正前方，後面遠處是那片青草地和那棵貝果樹。左邊有一群大人和小孩在抽獎攤前為了一些填充玩具而起了爭執，嘰嘰喳喳吵得不可開交。那些填充玩具乍看之下毫不起眼，但它們無疑象徵著某

些更深層的意義，只是那時的我絲毫不覺得它們有什麼吸引人之處。在我的右手邊大約二十公尺開外，有個像平時馬路上常見的那種圓環，但它的規模稍小，是行人專用的，有一名交通警察站在右側。我看了一眼那位警員，在他臉上看到了那只此一家、別無分號的達利式尖翹鬍，立刻明白那就是正確的選擇，於是我趕緊拉起仙女的手走向那人。

翹鬍子交通警察站在一座可以轉動的指揮台上，雙手忙著上下左右地擺動，不時還轉身指引隱形的路人，要他們或停或行。我說「隱形路人」，是因為當時只有我和仙女走在圓環裡。指揮台底部刻了幾個字——「人生叉路口」。圓環四周有許多道路呈輻射狀往外沿伸，每條路口都設置了箭頭，上面都有個標誌。弔詭的是，標誌上並沒有任何文字。我數了

數，總共有八個標誌，分別指著其他方向，但顯然並沒有指向任何目標，至少從標誌看來是如此。

「警察先生，抱歉，打擾一下。」我們靠近時我對那人說道，「這八條道路中，你覺得我應選擇哪一條，才能找到我的夢想碎片？」

翹鬍子警察站在旋轉台上低頭瞧了我一眼，百般不屑地答道：

「我忙得很！我猜妳應該認識字，對吧？」

「是沒錯，可是標誌上沒有字呀。」

「問題也許在於妳不知道該怎麼讀。啊，不好意思……」

接著他繼續在空中揮舞著雙手，一會兒指向左邊，一會兒指向右邊，比劃著一堆毫無用處的指令。

我想他不可能會幫我忙，於是轉頭向仙女說：

「妳會選哪一條路？」

「我對方向這種東西不太在行，我比較擅長的是直覺啦、魔法啦。或許妳應該再問問那個翹鬍子，既然他在那裡，就表示他知道問題的答案。」

「問他！」我氣憤地叫道，「妳實在很壞！他根本一點都不想幫忙！」

「嗯，可能是妳問的方法不對，每個人都有獨特的性情，有時候溝通其實並不容易。還有，夢想樂園就跟其他地方一樣，也是有規則的，這個地方也有它的內在邏輯，像是某種協定，妳並沒有遵守。」

「好吧，讓我想想……」

我看了看那名警察，舉起手摸摸洋裝上彩色圖案的半成品，想起了還捏在右手掌心裡的代幣。我打開右手，還有黃色、橙色和紅色代幣，當我看到那些代幣時，我忽然了解到，那並不是一般的交叉路口，而是另一項遊樂設施，想要踏進這個地方，就得先交給翹鬍子一個代幣。

我走到那人面前，伸出手臂，遞出手裡的黃色代幣。那人拿走代幣，走了下來，坐在指揮台上。他說：

「好吧，妳需要什麼？」

「對不起，你說什麼？」

「我說，『妳需要什麼？』」

我沒想到他會這麼問，因此支支吾吾、不知所云：

「呃，嗯……我要找回黃色的夢想。」

「不，不，那不是妳需要的。」翹鬍子警察說道，一邊用手撚著鬍髭，嘴角帶著笑。

「嗯，你說得對。我需要在這裡學到東西，這樣我的洋裝上才能多一道黃色圓弧。你可以教我什麼呢？」

「我可是方向的專家。」

我沒聽明白他的話，他大概也從我的表情中看出這一點。

「妳應該知道，當妳弄清楚了驅動著自己的是什麼樣的渴望，妳還要賦予那份渴望一個形狀。也就是說，妳必須開拓一個方向，然後懷抱信心

朝那個方向前進。光靠想要的意願是不夠的，妳必須知道該把那股願望導向何方。」

仙女悄悄地來到我們身邊，這時她也加入了談話。

「他的意思是說，妳要根據妳的願望去行事，此外，妳還要毫無疑慮地朝著願望邁進。伊佩蘭莎，我問妳，妳覺得妳的方向應該是什麼？不要忘了考慮妳內心最深處的渴望以及天賦的能力。」

「我也不知道。我從來沒想過要成就什麼豐功偉業，像是建造大樓、挑戰世界最高峰、聲名大噪或當國家領袖之類的，所以我不知道……」

「妳的方向必須是對妳有意義的，」方向專家說話了，「而且未必要是世俗所謂的豐功偉業。人們總想要成大功立大業，讓自己的志業永垂千

古，可是真正有意義、可長可久的志業其實是他們為別人樹立的榜樣。」

「妳所選擇的方向是最重要的，」仙女用堅定的語氣說道，「妳從事的工作也是。這些一定要是對妳自己很重要，而不是對別人很重要。人們常會做一些自以為順應了自己夢想的事，可是一段時間以後卻發現——如果他們有機會發現的話——那些不過是推託之辭。絕對不要把自身夢想的主控權交到別人手上，也不要期望別人來填補妳的空虛，雖然這種期待是可以被理解的，但是它必然會落空。」

我坐在地上，低垂著頭，全神貫注，努力思考那些話語隱含的意義。我問自己，在我踏進「失落靈魂招領處」的那個下雨的午後之前，我的人生中有沒有什麼真正打動我、令我感觸深刻的？我發現到，過去我一直都

希望透過語言這個媒介去愛人以及被愛。至於我生命中不可或缺的奮鬥，如果過去真有這樣的東西存在，或者有什麼東西配得上這麼浮誇的稱號的，那應該就是——到現在還是如此——運用語言文字的力量去改善這個世界，讓書本能夠發揮改善人們生活的作用，進而創造一個更加祥和的社會。這麼說來，那就是我的人生夢想。我在意的並不是書店能不能獲利，能不能成功。畢竟那只是我的手段，不是我的目標，那時我終於豁然開朗。過去我經年累月的忙碌，倉促應付生活，受困在無關緊要的現狀裡無法掙脫，以致於遺忘了自己真正的意圖。

　　就在那一瞬間，我猛然回憶起一件事，就像是突然和內心最深處的自我建立起聯繫管道。我想起自己在大約八、九歲時發現了寫作的樂趣。那

是很溫馨的回憶，我記得那時我撰寫兒童故事初試啼聲，進軍文學世界。稍長之後又迷上創作熱情奔放的浪漫情詩，其實那不過是忝不知恥地模仿聶魯達*之後轉而描寫生命困局，就像窗台上的植物，四處探索尋覓光源。回想起來很悲哀，某一天，我突然揚棄了這股生命動能，把它遺留在失落夢想的五斗櫃裡，因為旁人不時提醒著我一個不容置疑的議題——「妳得要有個謀生技能呀！」。在夢想樂園裡的那一瞬間，我看到那個五斗櫃再度開啟，而我舊時的夢想即將重獲新生。於是我說：

「我要選擇的方向很明確，我要透過語言文字愛人並且被愛！」

「太好了！」翹鬍子警察高聲讚嘆道，「任務完成！」

他對我笑了笑，蹣跚地爬上他的指揮台。

「那麼，」我說道，「這八條道路之中我該選擇那一條？」

「啊，對了，我忘了！」他說，然後彎身向前，遞給我一樣東西。

我接了過來，是一枝粉筆。

「隨便選一條路，」他解釋道，「然後把妳的方向寫在標誌上。只要是妳自己做的選擇，而且那個選擇能夠回應妳真正的渴望，所有的道路就都是正途。重點在於，一旦妳朝著那些方向前進，妳就得對它們深信不疑。此外，妳要隨時隨地在心中塑造出這些途徑，妳要相信它們已經存在，而不是未來才會出現。妳要頻頻觀想自己希望達成的目標，觀想自己希望變成什麼樣的人，想像妳已經在實現自己的所想所望，而且落實到生活中。妳要開始朝著妳的方向前進，信賴它，要時時堅定信念，如果心生

疑惑，不妨大聲把它喊出來。」

我把粉筆緊抓在手中，走向前方第一個標誌，寫下這些字：「我要透過語言文字愛人並且被愛」。

*譯註：Pablo Neruda，智利詩人，一九七一年諾貝爾文學獎得主，被稱為二十世紀最偉大的拉丁詩人。

〔第十七章〕

碰碰車

「妳身上那道黃色圓弧把妳襯托得真美！」不久後仙女誇獎我，我們手牽手走在我才剛開拓的道路上。

「謝謝妳！」我真誠地向她道謝，一方面若有所思，「可是我還有兩枚代幣，我的夢想還缺兩片，我很好奇下一關會是什麼，不過我想就算問妳也是白問，我說得對吧？」

「一點也沒錯！不過，我可不是個尋常普通的神仙教母，何況我還滿

喜歡妳的，給妳個提示吧！可是妳不可以告訴別人哦，做得到嗎？」

「我保證！」我答應她，一邊轉過身面對著她。

「好吧，嗯，來。」

她四下張望，臉上的表情彷彿像要透露什麼天大的秘密似的。接著她向我靠過來，在我的耳邊悄聲說道：

「妳接下來要玩的設施是長方形的，有燈光，也有音樂。喲荷，妳剛剛發揮了一點想像力，現在它已經出現在妳背後嘍。」

我轉過身，就在那一剎那，一座遊樂設施憑空出現在我們眼前，雖然前一秒鐘它並不在那裡（事實也的確如此）。一些外觀塗裝得萬紫千紅、色彩斑斕的碰碰車正在場中瘋狂地競速飆馳，伴隨著歡欣鼓舞、震天價響

的音樂聲。

「太棒了！」我不禁大聲叫喊，「我最愛玩碰碰車了！」這時，喇叭聲響起，碰碰車的速度慢慢減緩下來，然後慢慢隨著慣性運動向前推進，直到完全靜止。場上大約有二十來部碰碰車，或者更多一些，外觀看上去各有千秋，卻是同樣地閃亮耀眼。每部碰碰車上都乘坐了一對男女，年齡大約和我相仿。我瞥見一部無人乘坐的碰碰車，是華麗炫目的深橙色，我趕緊跑過去跳上車，以免被別人搶先占走。我穩穩坐定在方向盤前，轉頭尋找仙女，她還站在場外。

「妳不跟我一起來嗎？」我扯開嗓門朝仙女大喊，努力讓聲音穿過震耳欲聾的樂音。

仙女回應了一些話，可是我聽不見，不過她的手朝我揮了揮，就跟不久前做過的動作一樣，像是在說：「妳自己去吧，玩得開心點！」

我雙手緊握方向盤，興奮不已。我記得碰碰車要用代幣啟動，而我手中還有兩枚彩色代幣。我攤開手掌，拿出跟碰碰車一樣顏色的代幣——橙色的。把它丟進投幣口後，碰碰車應聲動了起來。

過不了多久，場上的碰碰車就開始相互碰撞著，一開始我還可以忍受，可以開懷大笑。可是經過一段時間以後，我感覺環繞著車底的那一圈膠墊彷彿要被拆解下來似的，而真實的情況也正是如此，我低下頭檢視碰碰車的兩側，發現僅有的保護裝置是一條破舊的黑色橡膠。我開始感到擔憂，因為時不時會有人故意朝我撞過來，或者我的車跟別的車輛會卡死在

角落，我不得不撞出一條活路。如果少了那一圈膠墊，我會被別的車輛撞得東倒西歪，萬一撞擊力道太大，還會把我撞得往上彈。我驚恐萬分，內心徬徨無助，我想要吸引仙女的注意，讓她知道我出了狀況，希望她能幫我脫困。可是碰碰車陷入一片瘋狂撞擊，我的身體漸漸無力承受，因此根本看不到仙女。

在那一陣瘋狂吵鬧的音樂聲中，我的眼前不斷閃過一道道碰碰車發出的刺眼光芒，已經看不清究竟有誰正朝著我衝撞過來，我唯一的保護裝置已經瓦解，我覺得自己簡直就要精神錯亂了。那時我的腦中突然閃過一個念頭——找個安全的角落停下來，跳離車子，把車留在原地。我正打算那麼做的時候，另一部碰碰車急速衝了過來，撞擊力道太大，把我撞離了方

向盤，飛了出去，俯身跌落在距離碰碰車場地幾公尺外的地板上。

我猜自己大概暈厥了過去——如果置身在自我提升的故事中時也會暈過去的話。我只知道當我睜開眼睛時，看到了仙女的臉，我問她：

「我在哪裡？出了什麼事？」

「伊佩蘭莎，妳還在夢想樂園裡。妳的問題在於剛才忘記了一件對夢想來說很重要的事，妳必須記住那件事，夢想才能持續下去。碰碰車本身就是一種暗示，妳應該看得出來才對呀。」

「哎，說實在話，我一點頭緒都沒有。還有，我全身上下都疼得不得了，哪有辦法思考。」

「妳說得沒錯！有時候我們很難思考，有時候會覺得活著很痛苦。」

「哇！真是太有哲理了！」

「可不是嘛！我可是個很有本事的仙女呢！」仙女笑著說，一邊還千嬌百媚地甩了甩那頭紅髮，「別忘了我只是來幫妳幫助自己，我是什麼樣的仙女一點都不重要，重要的是妳必須回答這個問題：『為什麼別人在碰碰車上都玩得很開心，妳卻在受罪？』」

我不假思索地答道：

「因為我的碰碰車有問題，妳沒看到嗎？橡膠護墊本來就破損了。」

「那麼為什麼妳的車破損了，別人的卻很完好？」

「這個我就不清楚了，我又不是修車師傅，我怎麼可能會知道呢？」

「妳明知道我不是在討論機械問題，別的碰碰車有，而妳的碰碰車所沒有的東西，那是什麼呢？」

我努力回想，大約有二十部碰碰車跟我一同在場地裡，絕大多數的車子裡都有兩名乘客。換句話說，只有我的碰碰車只搭載一個人。

我不需要向仙女說明我的推論，因為她彷彿看得到我的心思，這會兒正面帶笑容頷首稱是。

「可是一開始我要妳跟我一起去啊！」我答道，「我並不想自個兒去玩。」

「沒錯，可是對妳來說，我扮演的角色比較像母親，而妳必須從同儕中找到同伴，找到知心的人。」

「可是那跟是不是受到保護有什麼關係？」

「當然有關係，小丫頭，太有關係了！世上沒有人可以離群索居獨自生活。我們都需要彼此，當妳追求夢想時，妳必須要跟別人分享妳的夢想，告訴別人妳的夢想，當然，別人也都有他們自己的夢想。」

「妳是說我忘了跟別人分享我的夢想？」

「不只如此，伊佩蘭莎，妳也忘了儘管夢想只屬於個人，無法轉移到別人身上，但在追尋夢想的旅程上不免會跌倒、會碰撞、會有失望和困擾。唯有建立起情感網絡，我們才能夠克服困難、超越障礙。」

「像是安全網？」

「沒錯。除了擁有夢想和熾熱的心，妳還應該在身邊建立起一面安全網，更要隨時修補安全網的裂縫。我們都會陷入困境，都會遭遇失望和挫折，可是只要有安全網，我們就不會撞擊到地面。不過，建立安全網的目的絕不是因為害怕摔倒時沒人來扶，而是因為妳覺悟到自己跟所有人一樣，都只是平凡的人類，而人類所使用的貨幣就是關愛。妳應當分享妳的感受，對他人敞開心胸，也讓別人能夠靠近妳。妳還要分享妳的能量，對別人釋出妳的能量，看看妳能夠獲得多少回報。說到底，能量其實不屬於任何人，它很獨特，而且取之不盡，用之不竭，就像愛一樣。」

我反覆咀嚼仙女這番話，驀然領悟到，最近這段時間以來，我只在乎自己，眼中只看到自己的問題，而且愈陷愈深，以致忽略了周遭所有跟書店無關的一切，關愛已經變成我生命中次要的東西。就連朋友和家人也都慘遭降格，變成我個人旅途上的遊伴。我只允許自己表現出快樂的那一面，而這一面卻也愈來愈少見。我忘記了人難免會碰到悲傷的時刻，也忘記了人生的悲傷面就跟快樂面一樣真實不虛。

「悲傷和快樂一樣，都是不可或缺的。」仙女總結說道，當然，她又讀出我的心思。「另一方面，妳要記住，我們剛剛談的這種關愛特指同儕之間的友愛，而且它非常重要。我相信妳的父母很愛妳，妳也很愛妳的女兒，可是我要強調的是橫向的關愛。嗯……還有一件重要的事，不要把所有的關愛都投注在同一個人身上，也不要把所有的夢想寄託在同一個人身上，那樣就不能稱為網絡了，那充其量只是一條脆弱的細線，隨時會斷裂，當它斷掉的時候，妳會無可救藥地跌入虛無裡。」

我緊閉雙眼停頓半晌，努力堅定自己的意志，然後我投注全部的信

念，痛下決心——我要不惜一切代價，付出所需的時間和精神，重新打造我的情感安全網絡。我要用最細膩、最精巧的愛的絲線編織這面安全網，而我願意這麼做完全是基於愛，並非因為恐懼。我也願意讓別人看到我最真實的本來面貌，不再害怕在人前示弱。

接下來那一段時間我都閉著雙眼。等到我重新張開眼睛，低下頭看著我的胸前，發現在原有的那些顏色上方出現了一道亮麗的橙色圓弧。

〔第十八章〕

堅定的心

想到自己剛剛下定的決心，我得意洋洋地從地上一躍而起，拍拍洋裝上的灰塵。就在那時，我發現到一個問題——我最後一枚代幣，紅色那個，已經不見了。我記得自己一直把它牢牢抓在手心裡，直到我從碰碰車上被撞得騰空飛起，在那以後我想我因為太過擔心自己會撞擊到地面而無暇他顧，所以那枚代幣也就此失去了蹤影。

我猜想它應該掉落在附近，於是我開始尋找。我四處走動，繞著愈來

愈大的圈子，繞了幾圈以後，我發現眼前出現一座不一樣的遊樂設施，是一座「力量測試儀」。蓄著達利式尖翹鬍的男子就站在那項設施旁，在那之前，我遇到他時他身上都穿著警察制服。看來，他的全身肌肉在短時間之內突飛猛進，看上去可真是壯碩不少。此刻他穿著大力士緊身衣和黑色拳擊靴，他的緊身褲搭有護膝，可是幾乎搆不著膝蓋。

「妳在找這玩意兒嗎？」他問我，手裡捏著我那枚紅色代幣。

「是啊，」我答道，「可以請你把它還給我嗎？」

「當然沒問題！」他說。

可是他卻沒有任何動作，反而問我：

「妳要不要把這枚代幣用在這裡？」

我往全身肌肉硬梆梆的翹鬍子身後瞧了瞧，看到了一個平台，配備了某些機械裝置，和一隻用來敲打那個平台的大木槌。如果敲擊力道夠強，有一根指針會垂直往上移動到達頂端，並敲響一個鈴鐺。

「這項遊樂設施裡面有些什麼裝置？」我問道，「或者我應該問，我該怎麼做才能找回紅色？」

「很明顯啊，妳要敲得夠用力，把鈴鐺敲響。」

儘管我已經找回六片夢想，此刻正信心滿滿，躍躍欲試，而且我也很清楚我的尋夢旅程已經接近終點。可是對我而言，眼前這根本就是個不可能的任務。

「不可能裡還是有『可能』，」此時站在我身旁的仙女說話了，這說

明了兩件事——她還在讀我的心思；她還是喜歡玩文字遊戲。

「話是沒錯，可是問題是……」

「如果妳覺得不可能，那事情就會是不可能；可是如果妳覺得那不無可能，那麼那件事就有很大的機會成為可能。」

「這些話聽起來像是從勵志書上直接摘錄下來的。仙女，妳看看我，我是個苗條的女生，我可沒有健美先生的力氣。」

「那就要看我們指的是哪一種力量……」仙女答道，接著她不再多說什麼。「沒關係，如果妳覺得妳無法勝任，翹鬍子大力士會把妳的代幣還給妳，然後我們可以繼續往前走。」

我猶豫不決，只好繼續待在原地，仰頭看著那座機器。仙女和翹鬍子

大力士站在我的兩側。在我內心裡有一個聲音告訴我，這就是最後一道關卡，如果通過考驗，就完成了任務，也就可以重新開始。我指的是結束我的追夢旅程，然後懷抱夢想迎向嶄新的人生。可是，換個角度來看，這項挑戰顯得很不合理，我擔心自己會在最後關頭一敗塗地。

我的腦海裡彷彿播映著快轉影片，我看到了我所有的恐懼與不安，其中有年幼時的親身體驗，也有長大變成成年人的伊佩蘭莎後自己所造成，或仿效他人而來的。我忽然有了很重要的體會——如果我不能拋開那些負面思考，不為自己創造全新的經歷來驅散那些惶恐不安，我永遠都沒有辦法擺脫「我辦不到」的魔咒，也就永遠沒有辦法達成我的夢想。

於是我鼓起所有勇氣，看了看仙女，再瞧瞧那位大力士，說道：

「好吧，我要試試看。」

「如果妳說：『我要挑戰』應該會更好，」仙女小小聲地給我忠告。

「那好，我要挑戰。」

說完後，我走到測試儀平台前，抓起那把幾乎比我還高大的木槌。首先，我聚精會神，全神貫注凝視著我要敲擊的位置，再把注意力轉回到自己身上，匯集我體內蘊藏的每一分力量。接著我把木槌高舉過頭，使出全力讓它落在那個黑色填充圓墊上。可是，儀器似乎沒有什麼動靜，倒是我的頭不住地搖晃，活像骰杯裡的骰子似的。我的手臂、身體也因為用力過度而顫抖不已。至於那根指針則幾乎文風不動，連標示為「一」的那條線都沒有到達。

我氣急敗壞地瞪著仙女，臉上的表情彷彿在說：「我不是告訴過妳了！」可是仙女只是微笑著，慫恿我再試一次。

「這次，」仙女建議道，「要想著妳所有的優點，比方說妳的善體人意、妳的慷慨大方，還有妳為了達成目標奮鬥不懈的特質。那就是我眼中的妳，妳讓我見識到妳無比的勇氣。來吧，再試試。」

我轉頭面向力量測試儀，努力相信自己，我是指真的「相信」，我要相信自己的身材變得很高大。憑藉著這股全新的意念，我再一次抓起那把巨槌，把它高高舉起，用盡全身所有的力量往下狠命一擊。

當我抬頭一看，發現指針已經跳到「三」的位置。我頓時感到信心大增，可是立刻又被悲觀的情緒所淹沒——如果我用盡全身的力量都還達不到中間的位置，又怎麼可能碰得到鈴鐺呢？

「這回大有進步喔！」仙女好意鼓勵我，「可是妳還是忘記了一些東西。」

「可是……可是……」我結結巴巴，感覺胸腔裡湧現一陣酸楚，「我沒有忘記任何東西，我做不到。」

「『我做不到』等於不可能，」仙女又打起啞謎來，「『我做得到』等於可能，而且『我做得到』比『我可以做到』慷慨激昂多了。」

「我不明白，仙女，我不知道我還可以做什麼。」

「其實很簡單，在做任何事的時候投入妳的熱情。在妳死前，妳聽到的最後一點聲響應該會是妳的心跳聲。做任何事都要抱持著賭上性命的決

心，因為妳的生命會自然而然灌注到妳所做的事上面。成長吧！唯有如此妳才能把夢想找回來。」

我挺起胸膛，這時我注意到有種不一樣的感覺，像是發生了某種神奇的事，外表看起來我還是個穿著童裝的成年人，但事實上我已經無法區分二者。成人的我和童稚的我融合為一，我的童年滲入了我成年的身軀裡，在我的內心滋潤著我的夢想。

當我再次舉起木槌，我想著自己幾乎找回了所有的夢想碎片——平靜的心、心底深處的渴望、了解自己、想像力、未來的方向、自信心，現在只差最後一片。它就在那裡，就在我的內心。其實它一直都在我身體裡面，一直以來都躲藏在我的胸腔裡，懼怕出現，不敢展現自己，但是它還

在那裡，還是保有它原始的能力。那就是熱情。

當我想清楚了這一點，我在我的胸腔正中心點尋獲我的熱情，允許它無所畏懼地展露出來。這麼一來，不需要多餘的力氣，就足夠敲響那座巧奪天工的力量測試儀，因為我了解到它並不是用來測試我身體的力量，而是測試我的情感力。終於，我的情感和我合而為一。

當我敲下木槌時，我不需要低頭看，就知道紅色已經出現在我胸前，完成了一道絢爛美麗、光芒四射的完美彩虹。

〔第十九章〕

夢想的良性循環

當我撰寫完畢《夢想樂園一遊》，闔上書本，回到「醒覺心」時，我又變回了我自己，也就是變回了穿著一襲黑色套裝的成年伊佩蘭莎。但那時的我卻跟原來的我截然不同——胸口那股空虛感消失了。更妙的是，原本的空洞已經填滿了極為重要、源源不絕的能量，像是一種全新的、有復原力的內在光芒。我心靜神寧，同時急切地想要臣服並追隨那股全新的動能。

仙女從我手上取走書本，把它放回「醒覺心」的置物架上，同時遞給我一個長方形扁盒。

「這是什麼？」我問道。

「打開看看。」

我把盒子打開，裡面是我的白色小洋裝，被折疊地平平整整，可是胸前點綴著一道彩虹。

「我可以帶走嗎？」

「當然可以，那是妳找回來的童年，妳的夢想，組裝後的新版夢想。」

「妳知道嗎？」我大聲說道，沒有看那件洋裝，「我想要把它送給我

女兒，她穿上這件洋裝一定很好看。」

「我想也是，可是妳要記住，重要的不是這件洋裝，而是妳為她樹立的榜樣。如果妳懷抱夢想，她就會了解夢想。父母親如果懷有夢想，孩子成長後就不會輕易失去自己的夢想。」

仙女把書本放置妥當後說：

「對了，伊佩蘭莎，我們該走了。妳也知道，實在有太多人養成了搞丟要緊物品的壞習慣。還有，雖然我以前想要變成巫婆（仙女對我眨了眨眼睛）但是我終究變成一個很負責任的仙女。」

我把盒子夾在腋下，步履輕盈地走向「醒覺心」的出口。在接近門口時，身旁的仙女突然問道：

「我們相處了兩、三個小時，如果要妳用幾個句子做總結，妳會怎麼說？」

我沒有多加思索就答道：

「不管生活如何拖著妳向前，妳都要能夠停下腳步。還有，要認識自己真正的渴望和潛能。再來，要善用想像力，塑造自己的夢想，並給它們方向。要分享夢想，用緊密的情感和信心網絡呵護夢想。最後，要用熱情培養夢想。」

「嗯，結論做得很好，不過如果妳不介意，我想加點東西。要把夢想投射出去，要懂得分享，要慷慨大方，要把眼光放遠，不要只關注自身。還有，可能的話，讓自己的存在超越於生活之上，要切記，夢想可以

比自己更遠大，而且只要妳有需要，它可以隨時隨地讓妳回歸到『夢想的良性循環』。因為無論妳在旅途上遭遇多少阻礙和挫折，妳都能夠找回平靜的心和堅決的信心。有一天妳會發現自己的夢想又開始鬆動散漫，當妳注意到自己對所做的事無法再投入愛和熱情時，回想一下今天妳在夢想樂園裡面的經歷，檢視一下妳的夢想失去了哪一道色彩，再把那個顏色塗回去。」

說完了這些話，仙女停下腳步並打開一道門。老人還在那裡，就坐在櫃台後面。

「是該說再見的時候了，希望我不會再看到妳出現在這個地方。」仙女又對我眨了眨眼睛。

我輕輕地擁抱著仙女，悄聲地在她的耳畔說了句：「謝謝！」然後我倒退著走出那道門，捨不得離開那個神奇的地方。門關上後，我獨自站在裡，盯著那塊標示牌：「醒覺心」。

「嘿，小姑娘！」我聽到身後傳來說話的聲音，「妳把夢想的色彩找回來了嗎？」

我轉過身走向櫃台。到了櫃台前，我兩眼直盯著老人瞧，臉上露出燦爛的笑容。

「找回來了，不只如此，我還把它重新拼湊起來，現在它就在我的心臟裡噗通噗通活力十足地跳著呢！」

「太好了，恭喜妳！雖然這些話聽起來可能會有點難受，但我還是要

提醒妳，妳的夢想還是可能會遺失，就像妳的鑰匙一樣，妳的夢想需要、也值得妳的關注。當妳不再關心它；當妳把自己所擁有的視為理所當然；當妳忘記了夢想是多麼的重要，把它們隨意丟棄在過去；當妳遺失了夢想，找不到人生的目標；當妳的行為不能契合妳的渴盼；當妳認命屈從，接受了已經存在的現況；當妳感到孤立無援，卻仍一意孤行，拒絕跟他人分享；當妳不再相信夢想，不再滋養夢想，妳就會失去夢想。所有人類的活動都應該由夢想主導，而這個夢想每天都需要受到灌溉、得到養分。有時候是用些小小的成就；有時候是用珍愛的工作；有時候是藉著跌了一大跤受傷後爬起來。夢想必須時時刻刻受到妳內在靈光的滋育。」

我溫和地看著老人，內心充滿感激，期待著踏出那間辦公室後展開充

滿夢想的新生活。我踩著堅定的步伐走向那道玻璃門，到了門口，我轉過頭來大聲喊道：

「謝謝你幫我找到自己！」

〔第二十章〕

風雨過後

等我走出「失落靈魂招領處」時（或者是在那個門口醒轉過來。我說過，我自己也不是很確定）雨已經停了。暴風雨平息後，太陽高掛在天空，放射出萬丈光芒。我抬頭一望，在大樓與大樓之間的縫隙出現了一道美麗的彩虹，七道色彩飽滿分明。

我決定回到書店，我還得做很多改變，而且我想要盡快著手處理。首先我要找馬可斯談談，跟他談談未來的改變。馬可斯很擅長處理數目字，

以後他可以接手管理書店，而我則要重回外場服務顧客，畢竟那才是我最擅長、也最喜歡做的事。我一到書店，就要把我的夢想傳達給書店員工們，這樣他們就不會再感到悲傷。

我也決定要跟另一半——卡洛斯——談談，想辦法找回我們共同的生活以及一起分享的夢想，在此同時，我還要為自己安排一些創作的時間。我有些很重要的話要說，是有關人們如何失去夢想，以及要怎樣把它找回來的事。我做過一個承諾：

「霍克，我向你保證，如果我在夢想樂園找回我的夢想，將來我一定會幫助別人找到他們的夢想，或者應該說，我一定會幫助他們讓他們可以

自己找到夢想。」

我決定要遵守我的承諾。

我抬頭挺胸走向書店，感覺胸口流竄著一股不尋常的力量。回到書店之前，我走進一家糖果店，在色彩繽紛的櫃台前停住腳步。我每天來來回回經過這家店無數次了，卻從來沒這麼做過。但此時卻有一股衝動帶著我走進店裡。我請店員給我一枝彩色棒棒糖，她似乎一點兒都不感到驚訝。

那真是一枝甜美可口、閃閃動人的彩色棒棒糖。

我在夢想樂園裡尋回的色彩

紫色（平靜）

在人生路上，有時候你必須停下腳步，重新找到內心的平靜，也就是單純存在的喜悅。

也許你覺得自己乘坐在無法掌控的雲霄飛車上，但其實並非如此。只要你願意，隨時都可以停下來。

靛色（牢記）

務必找回最深層、最根本的願望，然後記得要關照它們。

拯救夢想並不容易，特別是當它們被埋藏在虛假的慾望底下時，可是重新找回人生夢想卻是件非常要緊的事。

藍色（了解自己）

了解自己，不要讓別人來告訴你，你是什麼樣的人，或你的夢想是什麼。

他人就像鏡子，經常會顯現出你扭曲的面貌，唯有反觀自照，發掘自我內心裡的映像，才能見到真正的自己。

綠色（想像力）

想像力正如同它所撐托著的夢想，不應該被拿來做為逃避現實的託辭，而應該用來更熱切、更真摯地活在當下。

真正的夢想不會無視現實的存在，不會把自己投射到不確定的未來。要活在當下，讓存在的每一刻都更豐足。

黃色（方向）

當你了解到自己受到什麼樣的渴望所驅策時，把那股渴望塑造出來。換句話說，開創一個通往渴望的方向，朝著它邁進。

只要是發自內心的抉擇，只要是內心最真摯的渴求，那麼所有的道路

都是正途。重要的是，一旦選定方向，就要深信不疑。

橙色（信心）

除了懷抱夢想和熾熱的心靈，你還應該在身邊建立起一面安全網。一旦安全網出現裂縫，就要及時修補。安全網可以讓你產生信心，要對自己有信心，也要對自己的生命和別人有信心。要接納自己，但不要認命屈服。

紅色（熱忱）

做任何事都要投入熱忱。在死之前，耳畔最終響起的應該是你的心跳。所有的人類活動，包括人性本身，都應該由夢想主導。

夢想語錄

「在那之後，男孩了解了自己的心靈。他向心靈懇求，永遠不要停止與他對話。男孩懇求自己的心靈，當他遠離夢想時，務必向他施加壓力，向他鳴起警笛。男孩發誓，只要聽到警笛，他定會留意內心傳出的訊息。」

保羅・科爾賀（Paulo Coelho）

《牧羊少年奇幻之旅》（*The Alchemist*）

「沒有強烈的慾望，生命就只剩下黑暗；沒有知識，所有的慾望都是盲目的；沒有作為，所有的知識都是枉然；沒有愛，作為也只是虛妄無益。」

紀伯倫（Khalil Gibran）

《先知》（*The Prophet*）

「要想了解一個男人或一個女人在每分每秒的真性情，最佳管道莫過於一張他們的夢想圖譜。」

胡立安・馬利亞斯（Julián Marías）

《漫談夢想》（*Brief discourse about dreams*）

「有一天所有的事情都會很好，這是我們的希望；今天一切都很好，這是我們的幻想。」

伏爾泰（Voltaire）

「少了夢想，沒有人能存活。」

尤吉妮亞・莉可（Eugenia Rico）

《盲牛之境》（*In the land of cows without eyes*）

「當你失去一切，就很難再找回夢想。重要的是，儘管我們會覺得夢想讓我們憂傷，感到生命充滿疑惑，但我們一定可以再次擁抱夢想。」

賈桂琳・莫列諾（Jacqueline Moreno）

兒童慈善基金會Fundacion Laudes Infantis執行長

「暴風雨過後，陽光會再露臉；黑暗過後，嶄新的愛會為我們發光發熱；內心經歷強烈的震撼之後，新的風光將向我們展現熱情。」

卡多・培瑞茲（Gato Perez）歌手

「我們應當尊崇我們的旅途，如果我們對人類心靈和生命的潛能不能樂觀以對，那與死亡何異。唯有希望帶來的無所畏懼，才是真正的無所畏懼。」

艾歷克斯・佩塔可斯（Alex Pattakos）

《尋找理性》（*In search of sense*）一書作者

「在我的人生中，我鮮少相信所謂的責任義務。我認真活著，幾乎只為夢想而活，非關責任義務。」

荷西・奧爾特加・加塞特（Jose Ortega and Gasset）

《何謂哲學？》（*What is philosophy?*）

「就如內心潛藏著慾望，想像力也包含著夢想。」

勒內・德・夏多布里昂（Rene de Chateaubriand）

「正如鳥兒有雙翅，心靈有了夢想，才有了支撐。」

維克多・雨果（Victor Hugo）

「過去八十年來，我描寫了我生命中的每個日子。秘訣是什麼呢？熱愛一切事物。我為愛而生，為愛而活，必將為愛而死。人必得勇敢去愛，要活在愛裡。只聽從心的訊息，遵循愛的路徑。若有人不相信你，不相信你的未來，轉身離去吧。要濃烈、要熱情，如此你就會享有幸福人生。」

雷・布萊伯利（Ray Bradbury）作家

本書作者

荷瑟普・婁佩茲・羅麥洛（一九六七年生）已出版六本著作。其中《勇氣之旅》（*The Courage of the Samurai*）是作者開誠佈公的自我探索，以寓言形式創作，敘述自身對抗恐懼的經歷。再如《螞蟻的足跡》（*The Way of the Ants*）以勵志故事呈現，實則是一本另類的溝通指南。

荷瑟普是一名組織傳播專家。他畢業於巴塞隆納自治大學傳播學系。曾先後擔任多家知名企業的傳播顧問，例如在公共關係業界規模數一數二的萬博宣偉國際公關公司（Weber Shandwick）。知名企業如麥當勞、李維

牛仔褲、福斯奧迪汽車、聯合利華食品以及以生產防風布料聞名的美商戈爾公司都曾借重他的長才。荷瑟普經常為企業舉辦講座，主題涵蓋危機處理以及發言人培訓等。

除了擔任傳播人、作家，過去十年來荷瑟普過得忙碌又充實。他為作家們提供小說及非小說寫作指導，他指導的「學員」的創作曾經受到國際肯定。

荷瑟普已婚，育有兩名子女。目前居住在巴塞隆納近郊一處小鎮，他的房舍四周密佈松樹與橡木，是他創作時極重要的靈感泉源。

國家圖書館出版品預行編目資料

實現夢想天賦的遊樂園：七個關鍵詞找回七彩人生 / 荷瑟普．婁佩茲．羅麥洛(Josep L'Opez Romero)作；陳錦慧譯. -- 初版. -- 新北市：智富，2015.02
面； 公分. --（Story；10）
譯自：La ilusion
ISBN 978-986-6151-60-6（平裝）

878.57　　103001330

本書原名《失落靈魂招領處：七彩人生的智慧》，現易名為《實現夢想天賦的遊樂園：七個關鍵詞找回七彩人生》。

Story 10

實現夢想天賦的遊樂園：七個關鍵詞找回七彩人生

作　　者／荷瑟普．婁佩茲．羅麥洛
譯　　者／陳錦慧
主　　編／陳文君
責任編輯／石文穎
插畫設計／鐘淑婷
封面設計／鄧宜琨
出 版 者／智富出版有限公司
發 行 人／簡玉珊
地　　址／(231)新北市新店區民生路19號5樓
電　　話／(02)2218-3277
傳　　真／(02)2218-3239（訂書專線）、(02)2218-7539
劃撥帳號／19816716
戶　　名／智富出版有限公司
單次郵購總金額未滿500元（含），請加50元掛號費
世茂官網／www.coolbooks.com.tw
排版製版／辰皓國際出版製作有限公司
印　　刷／祥新印刷股份有限公司
初版一刷／2015年2月

ＩＳＢＮ／978-986-6151-60-6
定　　價／260元